KB220663

나는 (JOB)을
원했지,
(JOB것들)을
원하지 않았다

Foreign Copyright:
Joonwon Lee
Address: 3F, 127, Yanghwa-ro, Mapo-gu, Seoul, Republic of Korea
          3rd Floor
Telephone: 82-2-3142-4151, 82-10-4624-6629
E-mail: jwlee@cyber.co.kr

나는 JOB을 원했지, JOB것들을 원하지 않았다

2020. 3. 17. 1판 1쇄 발행
2022. 11. 10. 2판 1쇄 발행

지은이 │ 이종훈
그 림 │ JUNO
펴낸이 │ 이종춘
펴낸곳 │ **BM** (주)도서출판 **성안당**
주소 │ 04032 서울시 마포구 양화로 127 첨단빌딩 3층(출판기획 R&D 센터)
     │ 10881 경기도 파주시 문발로 112 파주 출판 문화도시(제작 및 물류)
전화 │ 02) 3142-0036
     │ 031) 950-6300
팩스 │ 031) 955-0510
등록 │ 1973. 2. 1. 제406-2005-000046호
출판사 홈페이지 │ **www.cyber.co.kr**
ISBN │ 978-89-315-5915-6 (03810)
정가 │ 16,000원

이 책을 만든 사람들
기획 │ 최옥현
진행 │ 오영미
교정·교열 │ 이진영
본문·표지 디자인 │ 앤미디어
홍보 │ 김계향, 유미나, 이준영, 정단비, 임태호
국제부 │ 이선민, 조혜란
마케팅 │ 구본철, 차정욱, 오영일, 나진호, 장경환, 강호묵
마케팅 지원 │ 장상범, 박지연
제작 │ 김유석

■ **도서 A/S 안내**

성안당에서 발행하는 모든 도서는 저자와 출판사, 그리고 독자가 함께 만들어 나갑니다.
좋은 책을 펴내기 위해 많은 노력을 기울이고 있습니다. 혹시라도 내용상의 오류나 오탈자 등이
발견되면 **"좋은 책은 나라의 보배"**로서 우리 모두가 함께 만들어 간다는 마음으로 연락주시기
바랍니다. 수정 보완하여 더 나은 책이 되도록 최선을 다하겠습니다.
성안당은 늘 독자 여러분들의 소중한 의견을 기다리고 있습니다. 좋은 의견을 보내주시는 분께는
성안당 쇼핑몰의 포인트(3,000포인트)를 적립해 드립니다.
잘못 만들어진 책이나 부록 등이 파손된 경우에는 교환해 드립니다.

나는 JOB을 원했지, JOB것들을 원하지 않았다

이종훈 지음 / JUNO 그림

BM (주)도서출판 성안당

프롤로그

가족(足) 같은 회사에서 내리사랑이 아닌 내리까임을 당하고,
직장인들은 매일 엑셀과 썸을 타야 하고,
위장을 아프게 하는 것도 위장을 채워 주는 것도 직장이라는 아픈 현실

직장에서 갑질 당하면서도 처자식 밥벌이를 해야 하고
모든 것을 감내하면서 살아 왔으나 생활 형편이 나아지진 않는다.

갑질은 도가 지나쳐 육갑질이 되어 가고
주위에 시방세(市方世)가 점점 많아져 인간관계는 개관계가 되어 가며,
너무 많은 미움을 당해서 미움 받을 용기는 충만한데
사랑 받을 용기가 없다.

이력서 쓰는 데 이력이 났고 자기소개서는 타인소개서가 되어 가며,
인적성 검사를 하는 자체가 적성에 맞지 않는다.
반복되는 인성 검사로 인해 인성이 개(dog)성으로 되어 간다.
이력서의 증명사진은 내가 못난이라고 증명하기만 하고
삼성페이보다 열정페이가 더 많이 지불된다.

나름 열심히 살았는데 사는 게 힘들고 지친다.
99%의 노오오력을 하였으나.

1%의 영감님은 언제 오시는 것일까?
열심히 살면 성공한다고 배웠는데,
내 월급 통장은 텅장에서 마통으로 바뀐 지 오래됐고
매월이 마이너스 인생이다.

중산층 허리가 튼튼해야 경제가 안정된다는데,
아주 그냥 척추뼈 3번, 4번 사이 디스크를 터트려
중산층 허리 디스크를 만든다.

30대, 혼자 서서 세상일을 헤쳐 나간다는 이립(而立)이지만
헬프미가 간절하고
40대, 무엇에도 유혹되지 않는 불혹(不惑)이라지만
왜 이렇게 유혹되는지?
50대, 하늘의 뜻을 아는 지천명(知天命)이라지만
하늘의 뜻은커녕 내 뜻도 모르겠다.

행복해야 한다고 한다.
행복을 강요받는 기분이다.
행복하지 않으면 무언가 잘못하는 것인가?
"대학 가면, 직장 가면, 결혼하면 다 잘 될 거야."라고 했는데
아 놔! 다 뻥이었다.

가장으로서 중압감,
분명 어른인데 내 마음속 결핍 덩어리가 점점 커져 가고,
어른이 아닌 것 같은 생각이 든다.
또한,
왕따, 괴롭힘, 아동 학대, 학교 폭력, 언어폭력, 성폭력 등으로 인해
트라우마가 있을 수 있다.

아들러는 트라우마 존재 자체를 인정하지 않지만,
사람마다 강도의 차이가 있으나,
정말 감추고 싶은 흑역사
너무 수치스러워 아침에 일어나 이불킥 날리고
잊고 싶지만 잊히지 않는 기억이 존재한다.

영화배우 김보성은 어린 시절 닭에 놀란 기억으로 치킨을 싫어하고,
개그맨 김준호는 교통사고가 3번 나서 운전면허가 있어도 운전을 하지 않고,
방송인 노홍철은 어릴 적 수산 시장에서 손질한 생선머리와 눈을 마주쳐서
생선을 못 먹는다고 한다.

우리는 신도 아니고
예수님도 아니며 부처님도 아니다.
우리는 인간님이시다.
인간은 누구나 결핍도, 약점도 있다.

슈퍼맨도 약점이 있고,
배트맨도 트라우마가 있다.
영웅도 무적이 아니고, 한계가 있다.
슈퍼맨은 크립토나이트(방사능)에 약하고,
배트맨도 범죄자 총에 맞은 부모님이라는
트라우마가 있다.
약점과 트라우마가 있더라도
슈퍼 영웅이 될 수 있다.

자신의 약점과 결핍에 집착하지 마라.
어른이 되어도 모든 것을 다 알고
성숙하게 대처하지 못한다.

어른도 미성숙한 인간일 뿐이다.

우리는 성인군자가 아니니 어른이 되어도 힘든 것은 당연한 것이고,
모든 것에 성숙하고 지혜롭게 대처하지는 않는다.
모든 것에 성숙하지 않아도 괜찮다.
우리는 인간이니깐.

누구도 어른을 가르쳐 준 적이 없다.
어른으로 사는 것도 처음이다.
어른이 되어도, 나이가 들어도 인생의 프로는 아니다.
프로라도 실수는 한다.

회사는 행복하고 낭만적인 곳이 절대 아니다.
자아실현. 글쎄다.
사장님 중에도 자아실현 하는 분이 극히 드물 것이다.
그래서 매달 월급 주면서 위로하는 것이다.
월급은 합의금이자, 위로금이자, 깽값이다.
우리는 JOB을 원했는데 JOB것들이 너무 많다.
이런 JOB것들을 원하지 않았는데 말이다.

모든 질병의 시작, 직장 이야기
하루를 버티게 하는 소주 링겔, 술 이야기
애덤 스미스의 보이지 않는 손으로 패 버리고 싶은 집 이야기
마음 스크래치에는 콤파운드를 살짝 밀면 되는 마음 이야기
타인은 놀랄 만큼 당신에게 관심이 없다는 인간관계 이야기
결핍, 습관, 건강, 독서, 행복 이야기 속으로

　　　　－ 먼지 낀 별이 빛나지 않는 밤, 국민생선 고등어와 눈 맞추며

차례

5장 건강, 독서, 행복, 부모

· 제 1 장 ·

직장

가족(足) 같은 회사에서는
내리사랑 아닌
내리까임을 당한다

가족 같은 회사에서는 내리사랑이 아닌

족(足) 같은 내리까임을 당한다.

사장, 임원, 부장, 차장, 과장, 대리, 사원 순으로

내리까임을 당한다.

매주 월요일 사장님 주재 주간 임원회의를 하고 난 후에

임원은 부장을,

부장은 차·과장을,

차·과장은 대리를,

대리는 사원을,
줄줄이 비엔나처럼 내리까임의 극치이다.

나만 죽을 수 없다는 문화 때문에
명분 없이 내리까임을 당한다.
위에서 아래로 내리까기 시작해서
맨 아래에 있는 사원은 깔 사람이 없어서 소주를 깐다.

전쟁에도 명분이 있듯 내리깔려면 명분이 있어야 하는데
직장은 명분 없이 내리깐다.
그냥 깐다.
물론 부장이 과장을 사랑하고,
대리가 사원을 사랑한다고 하면,
생각만으로도 이상하긴 하다.
그렇지만 아무 잘못도 없이
윗분의 기분이 안 좋아져서 내리까임을 당하고
그 때문에 아래도 기분이 안 좋아진다.
기분이 태도가 되고 기분이 행동이 된다.

나만 죽을 수 없다는 문화 중 똥 싸는 문화도 있다.

회사에서 배설 욕구를 분출하여

아무 데나 싸 대는 인간들이 있는 것이다.

그만 좀 싸 대라. 요즘 강아지도 안 그런다.

내가 회사 일하러 왔지, 똥 치우러 왔냐?

직장인 수가 2천 6백만 명(18년 2월 기준)이라고 한다.

우리나라 인구의 절반 이상이 직장인이다.

인구의 절반 이상이 내리까임을 당하고 있는 비극이다.

또 직장인 10명 중 4명은 휴가를 못 쓰고 아파도 못 쉬는

쉼포족이라고 한다.

아파도 쉼을 포기하는 쉼포족이다.

직장 생활은 고생 끝에 골병 오고, 헌신하면 헌신짝 되며,

열일 끝에 열병 온다.

자기 일 아니라고 쉽게 막말하는 막가자 **막과장**

박 터지게 일 시키는 박 때리고 싶은 **박대리**

연구대상인 수석연구원 **김수석**

컴퓨터랑 얘기하고 있는 기분 만드는 전산팀 **박샐리**
직장에서 뒷담화 까면서 멋대로 궁예질 하는 **썅놈**
퇴사하면 그 사람들 백퍼 안 본다.

인생에서 스쳐가는 사람한테 고귀한 감정을 낭비하지 마라.
그대의 감정은 고귀하고,
스쳐 지나가는 그들에게 낭비할 만큼 값어치가 없지 않다.
바람처럼 그냥 스치듯 안녕이다.

부탁컨대,
가족 같은 윗분들이시여!
기분이 행동이 되지 마시오.
기분 따라 감정을 실행하지 말라는 말이오.

가족(足) 같은 회사야!
내리사랑은 바라지도 않으니
내리까임은 부디 하지 마소서.

가족 같은 회사에서 내리사랑이 아닌
내리까임을 당한다.

넘버 1. 잡것 　　넘버 2. 잡것 　　넘버 3. 잡것

대장질 하다가 대장에 용종 생긴다.

\# 붙임

개갈굼 하는 윗사람에게

두 번 외쳐라. 시시(弑弑)하다!

弑

윗사람 죽일 시

뜻풀이

1. 윗사람을 죽이다
2. 죽이다

모든 질병은
장에서 시작된다 – 히포크라테스 (답: 직장)

의학의 아버지 히포크라테스가

"모든 질병은 장에서 시작된다."라고 말하였다.

위대하신 말씀입니다.

그런데, 히포크라테스님! 그 장이 직장은 아닌 거죠?

직장인들에게 여러 질병이 있다는 것을

국가가 알고 시행하는지는 모르겠지만

국가는 직장인을 위해

사무직은 2년에 한 번,

비사무직은 1년에 한 번 건강검진을 받게 한다.

그러나 정작 건강검진으로는 절대 나오지 않는 병들이 있다.
직장만 가면 쌍욕 나오는 쌍욕병
직장만 가면 가스 활명수로도 해결 안 되는
속이 더부룩한 까스까스병
직장 상사의 지랄에 염증이 생기는 지랄염병
위에서 계속 누르는 만성 위경련

삽질 후 화가 식도로 역류하여 염증이 생기면
역류성 식도염을 호소하고,
너의 잔소리가 들려, 상사의 잔소리가 귀에서 맴돌며,
직장 괴롭힘으로 인하여 직장인들은 직장 괴사한다.

원수는 외나무 다리보다 직장에서 자주 만나고,
내 손에 장을 지지게 하는 것은
뜨거운 간장이 아닌 따가운 직장이며,
직급이 올라갈수록 약(medicine)은 점점 늘어난다.

우리는 JOB을 원했지, 이런 JOB것들을 원하지 않았는데 말이다.

집에서 나오자마자 집에 가고 싶고,
회사 오자마자 퇴근하고 싶고,
일 시작하자마자 술 먹고 싶은 심정이다.

사람들이 가장 많이 죽는 시간대가 월요일 아침 9시라고 한다.
월요일 아침에 월요병으로
회사 가느니 죽음을 선택하는 것이다. 슬픈 일이다.
얼마나 살기 힘들고 고통스러우면
극단적인 죽음을 선택하는 것일까?
월요병의 치료법은 편의점 사장이 되는 것이다.
편의점 사장을 하면 365일 24시간 일해서 요일 개념이 없어져
월요병이 사라질 것이다.
지하 계단을 지나 지하철을 타고,
지하 세계의 하데스 부장님이 계신
지옥 직장으로 고고씽 하는 기분을 매일 느낀다면
병이 안 걸릴래야 안 걸릴 수가 없다.

그럼에도 불구하고, 우리는 밥은 먹고 다녀야 한다.
인간은 육체라는 한계가 있으므로
밥벌이를 통해 생존 욕구를 충족해야 한다.
직장 생활을 하는 것은 생존 욕구를 충족하는 것이고,
생존의 의미가 된다.
즉, 직장 생활은 매슬로우의 욕구단계설 중
가장 기본적 욕구인 생리적 욕구를 충족하는 것이다.

우리 선조들은 고기를 먹으려면
하루 종일 목숨 걸고 사냥해야 했고,
물고기를 먹으려면 낚싯대 없이 창살만 들고
하루 종일 헤매야 했지만,
지금 우리는 전화할 필요도 없이 배달의 민족, 배민이 있다.
아침에 출근할 때, 사냥하러 간다고 생각해라.
직장에는 사자, 하이에나, 여우, 곰 등 여러 동물이 있다.
정말 있다.
원시 시대에는 사냥 가서 살아 돌아온 것이 감사한 일이었다.
퇴근해서 괴로워 술을 마시는 것이 아니라,

살아 돌아온 것에 감사하며 감사 축배를 들자.

이왕 가야 할 회사라면 가기 싫다는 짜증을 내지 마시라.

그런 생각을 아예 하지 말고 그냥 가자.

쿨 하게 기분 좋게 그냥 가는 것이다.

막상 가면 또 괜찮다.

사장님도 직장인이고,

전무님도 직장인이며,

우리 모두 직장인이다.

별다를 것 없다.

어차피 다 같이 직장 다니는 사람들이다.

히포크라테스님!
모든 질병의 시작인 장이 직장은 아닌 것이죠?

마이 아파!

근로 계약 전 노비 문서인지
필(必) 확인

생애 첫 근로 계약서를 쓰는데,

연봉 협상은커녕 이것이 무엇인지 개념조차 잡히지 않는다.

우리는 학교에서 스펙 9종 종합선물세트를 쌓지만,

그 누구도 노동법을 알려 주지 않는다.

근로자의 사전적 의미는 '근면하게 노동하는 자'라고 하는데

근면하게 노동하지 않는 자는 근로자가 아닌지?

기본급은 기본은 해야 주는 건지?

연차는 년이 차야 주는 건지?

2년이 되면 쌍년이 되어 2배로 주는 건지?

연장 수당은 연장 가지고 일하는 사람만 수당 주는 건지?

휴일 수당은 빨간 날만 주는 건지?

취업 규칙은 꼭 지켜야 하는 건지?

취업 규칙은 교통 규칙처럼 안 지키면 과태료를 내는 건지?

근로 계약을 할 때는 마치 노예 계약을 하듯 사인하라고 한다.

피골을 빼먹는 노예 계약서인지 알면서도

밥 먹고 살려고 자진 사인하는지도 모른다.

아르바이트를 해도 근로 계약서를 쓰는데

그 누구도 근로 계약서 작성법을 알려 주지 않는다.

그러다 퇴사 후 부당한 일을 당하면

그때서야 네이년에 묻거나 직장갑질 119에 가입한다.

우리 이제 근로하기 전에 최소한의 근로 기준은 알고 일하자.

핵심 근로 기준법은 이러하다.

사업주는 근로자에게 근로 계약서를 교부할 의무가 있다.

당당히 노비 문서를 한 부 달라고 요청해야 된다.

주휴 수당은 열심히 일한 당신에게 일주일에 한 번 주는
개근상이다. (단, 1주 15시간 이상 일한 사람만 준다.)
예를 들어 주 5일 동안 매일 8시간씩 일하면 주 40시간인데,
주휴 수당 8시간을 더 주어 48시간이 되는 것이다.
주휴 시간 근로 시간의 20%이다.
참고로 주휴 수당은 OECD 국가 중
우리나라와 터키에만 있다고 한다.
역시 형제의 나라다.

한 달을 4주라고 생각하는데, 정확히 4.345주이다.
365일/12월/7일 = 4.345주가 나온다.
월 근로시간 209는
48시간 × 4.345주 하면, 209시간이 나온다.
48시간은 '5일 × 8시간 + 8시간(주휴 시간)'으로 계산한 것이다.
급여는 최저임금기준(2020년도)으로 계산하면,
8,590원 × 209시간 = 1,795,310원이다.

연차 휴가의 취지는 근로자의 피로 회복과 건강 확보 및

여가 이용을 통하여 사회 · 문화적 생활 향상을

도모하기 위한 것이다.(대법원, 고용노동부)

연차 휴가는 피곤한 당신,

좀 쉬어라!인데,

눈치 보여 쉬지를 못한다.

연간 15일의 연차로는

피로 회복과 건강 및 사회 · 문화적 생활 향상 도모는커녕

과음 후 쉬는 날도 모자랄 듯하다.

2017년 5월 30일 이후 입사자부터는 만 1년이 되면

월 11개 발생하는 연차와 15개 발생하는 연차를 합해

26개의 연차가 발생한다.

퇴직금은 1년 일한 사람에게 주는 사례금이다.

3개월 평균 임금으로 계산된다.

예를 들어 계산해 보면,

만약 월 3백만 원 급여를 받고 1년 동안 일했으면,

퇴직금은 3백만 원이 된다.

연장 수당, 야간(22시~06시) 수당, 휴일 근무 수당은

통상 시급의 0.5배를 가급하여 받을 수 있다.

실업 급여는 고용노동부에서는 위로금이 아니라고 하지만,
실업자 입장에서는 위로금이다.
실업 급여는 직장을 잃은 18스러움 때문인지,
수급 요건에 18이 많이 나온다.
그 요건은 18개월 동안 고용보험을 180일 이상 가입해 있으면
실업 급여 수급이 가능하다는 것이다.
원칙은 비자발적으로 퇴직을 해야 하는 것이나, 예외도 있다.

노동환경 개선과 노동자 인권 개혁을 요구하며
분신까지 하셨던 노동열사의 죽음이 헛되지 않기 위해서라도,
염전 노예가 되지 않기 위해서라도,
회사가 사장 중심으로 도는 것을 조금이라도 막기 위해서라도,
무엇보다 최선을 다해 일하고
월급도 못 받는 개호구가 되지 않기 위해서라도,
최소한의 노동관계법령은 스스로 숙지하도록 하자.

헬조선에 사는 취준생들이여!
조선 시대에는 노비 문서인지를 몰랐더라도
헬조선 시대에는 근로 계약서를 제대로 알자.

빠밤빠밤♬
언년아 언년아! 잘 살아라.

위장이 비어 있는
취준생에게

이력서 쓰는 데 이력이 났고

자기소개서는 타인소개서가 되어 간다.

인적성 검사에 지쳐서 나의 인성은 조~(옷) 인성이 되어 가며,

적성 검사를 하는 자체가 내 적성에 맞지 않는다.

이력서의 증명사진은 내가 못난이라고 증명하기만 하고

증명사진은 웃고 있는데 내가 웃는 게 웃는 게 아니야. 리쌍.

열정페이는 삼성페이보다 더 자주 결제된다.

취준생들에게 통용되는 용어 사전이 있다.

취업난에 생겨난 신조어다.

서탈_	서류 탈락
면탈_	면접 탈락
최탈_	최종 탈락
피뽑탈_	최종 합격 전 신체검사에서 피만 뽑히고 탈락
중고신입_	1~2년 이내 퇴사 후 새로운 회사에
	다시 신입사원이 되려는 구직자
페이스펙_	얼굴도 외모도 스펙이다.
문송하다_	문과라서 죄송하다.
인구론_	인문계 90%는 논다.
삼일절_	31세까지 취업을 못하면 절대 취업을 못한다.
전화기 취업깡패_	전자, 화공, 기계학과가 취업깡패
무전취업_	돈 없으면 취업도 할 수 없다.
지여인_	지방대 여자 인문계
퇴준생_	퇴직 준비생
돌취생_	돌아온 취업준비생
호모 인턴스_	인턴 생활만 반복하는 취준생
부장인턴_	계속 되는 인턴으로 부장만큼 경험 쌓임.
티슈인턴_	휴지처럼 쓰고 버린다.

장미족_　장기간 미취업족

지옥고_　반지하, 옥탑방, 고시원

취준생들의 재치 있는 신조어이나, 씁쓸한 신조어다.

얼마 전 무스펙으로 대기업에 취업했다는 아들 때문에

어느 국회의원이 비판 받았다.

그대의 아들이라는 것이 최강 스펙인 것을 모르시나요.

다음은 인터넷에 돌아다니는 채용 공고 용어 사전이다.

고수익_　뒤질 것이다.

남자만_　힘쓰다 뒤질 것이다.

숙소제공_　퇴근할 시간 없는 잔업이 계속된다.

초보가능_　기술직 빼고 다 초보니까.

상시모집_　다 도망가니까.

오래하실 분만_　도망가지 말고

열정만 있으면_　머리 대신 몸을 쓸 것이니

책임감 강한 분만_　도망가지 않고

신체 건강한_　신체 건강한

알파고보다 뛰어난 분석이다.

"사장님이 임창정이다."라는 말도 취준생들 사이에서 유행한다.
그 이유는 가수 임창정의 프랜차이즈 '소주한잔'의
채용 광고 때문이다.

임창정 소주한잔 정직원 모집
점장 진급 시 3000cc 이하 차량 지급
(차량 모델은 본인이 선택)
업무 관련 유류비 전액 지원
점장 진급 이후 자사브랜드 창업 시 임대보증금 전액 지원
우수 근무자는 특별성과급 제공 및 본인 적성 관련
해외 연수 기회 제공
독거 여성 근무자 주택 경비 보안 시스템 캡스 제공
독거 남성 근무자 수입맥주 또는 소주 여러 병 제공
근무 중 매 끼니마다 고기 반찬 제공
사장이 술 마시고픈 날은 무조건 회식
(너무 자주 먹을지도 모른다.)

업계 최고 수준 대우는 이윤이 많이 남아서 그런 것이 아닙니다.
사장이 적게 벌면 됩니다.

역시 취준생들의 유행어에 맞게
"사장님이 임창정이네요."

만일, 직장 채용 공고에서 이런 자격 요건이 나온다면
얼마나 좋을까?

자격 요건

엑셀과 썸 잘 타는 자(하루 종일 엑셀과 썸Σ을 탐)

이면지에 영수증 풀칠 가능자(의외로 풀칠할 일 많음)

더하기 빼기 잘하는 자

전자계산기 사용 가능자(익숙해지는 데 시간 걸림)

마우스 클릭 잘하는 자

우대사항

ctrl＋c, ctrl＋v 잘하는 자

엑셀의 가정법 if 가능자

매일매일 취업사이트를 뒤지고,
서탈, 면탈, 최탈, 피뽑탈을 경험한 후에는
정규직에서 계약직으로,
대기업에서 중소기업으로,
근거리에서 원거리로,
국내에서 어디든지 상관없음으로….
취준생의 자존감은 자꾸 떨어진다.

옛날에는 '원하는 직업을 가질 수 있을까?'가 고민이었는데,
요즘은 '취직을 할 수 있을까?'가 고민이 되어 버렸다.

위장이 비어 있는 취준생들이여!
이력서 쓰는 데 이력이 났고
자기소개서는 타인소개서가 되어 가더라도
취준생 시기가 지나서 돌뽑석이 되는 날이 분명 올 것이다.
돌뽑석, 돌에서 뽑아낸 석유 같은 귀한 존재이다.

인고의 시간을 버텨야 귀한 석유가 된다.

그리고,
그때의 처절함과 그때의 비굴함을 잊지 마라.
취준생 시절의 초심을 잊지 마라.
그토록 가고 싶은 직장을 간 이후에
불만이 생기고, 퇴사 욕구가 올라올 것이다.
그럴 때마다
예전의 처참함과 비굴함을 꺼내 다시 생각해야 한다.

위장이 비어 있는 취준생들이여!
강추위를 겪어야 새 봄날 꽃이 피고
컴컴한 어둠이 지나야 새날이 오듯이
곧 그대의 삶에 새날이 올 것이다.
그대를 응원한다.

이력서 쓰는 데 이력이 났고
자기소개서는 타인소개서가 되어 간다.

갑질, 꼴갑질, 육갑질 하고
자빠졌네

직장인들은 회사에 출근해서

상사의 갑질과 고객사의 갑질로 인해

너무 많은 미움을 당한다.

철학자 아들러님!

너무 많은 미움을 당해서 미움 받을 용기는 충만한데,

사랑 받을 용기가 없습니다.

평범한 직장인은 을의 생활을 한다.

인생 갑으로 사는 방법은 없는 것일까?

소고기 사 먹을 정도로 월급을 주지 않으면서

소처럼 일하라 하고

그것도 모자라 도축될 정도로 갑질을 당한다.

원수는 외나무 다리보다 직장에서 자주 만나고

그 원수는 직장 상사와 갑사(甲社)의 직원이다.

간호사들에게는 이름부터 살벌한 직장 문화인 태움 문화가 있다.

선배가 신임 간호사를 가르치는 과정에서 괴롭힘 등으로

규율하는 문화이다.

영혼이 재가 될 때까지 태운다는 뜻이다.

이런 문화를 처음 만든 사람은 어마어마한 썅년일 것이다.

이런 문화를 나이팅게일이 알면 무덤에서 뛰쳐나올 것이다.

요즘 갑질 논란이 되니,

갑사에서는 계약서에 갑을 관계라는 표현 대신

위탁사 수탁사, 위임자 수임자, 발주처 시행사로

명칭을 바꿔 달라고 한다.

벌써 계약서 검토 다 끝났는데,

그 자체가 갑질이다. 썅~!

고용노동부가 발간한

『직장 내 괴롭힘 판단 및 예방·대응 가이드』에서

실제 접수되었던 갑질 유형을 보면 다음과 같다.

"능력이 안 되면 몸빵이라도 해야지."

"씨X, 대가리 안 쓰냐?"

"너희들 어차피 갈 데 없잖아."

중국집 회식에서 여직원들에게 짜장면 그릇에 소맥 마시게 하기,

청소나 잡일 등만 시키기, 상사의 지시로 흰머리 뽑기,

옥수수 껍질 까고 굽기, 라면 끓이기, 안마 등

업무와 관련 없는 온갖 잡일을 시킴.

먹고 남은 음식을 먹으라고 하고, 남기지도 못하게 함.

이런 괴롭힘은 족보나 매뉴얼이 있는 듯하다.

또, 직장 갑질의 최고봉은 닭을 석궁으로 죽이도록 강요한 것과

청부살인으로 너와 가족을 해치겠다는

협박을 한 것이 아닌가 싶다.

갑질 행위는 무궁무진하다.
갑을병정무기경신임계.
아직 계가 아님을 위안으로 삼아야 하나?

지랄 갑들도 명심해라.
한번 해병은 영원한 해병이라지만
한번 갑은 영원한 갑일 수 없다.
갑질 하면 생각나는 분이 있다.
국쌍눈!
땅콩 좋아하다 국민쌍눈 되신 분이 되지 마시라.
계속 갑질 하다 똥칠갑 하는 날이 분명 생긴다.

우리 을들은 갑들이
'갑질, 꼴갑질, 육갑질 하고 자빠졌네.'라고 생각하고,
갑한테 빙그레 웃으며 우아하게 을질을 하자.
갑이 요청한 자료를 느긋하게 우아하게 웃으며 천천히 주자.
상사나 갑사한테 갑질을 당하면 카톡, 문자, 녹취, 녹음 등
증거를 확보해라.

직장 내 괴롭힘 방지법이 시행되었으니(2019.7.16.)

갑질을 회사에 당당히 까발려라.

또한, 직장 갑질 119라는 오픈채팅방이 있다.

노무사, 변호사들이 무료 상담을 해 준다.

상담을 받고 해결책을 적극적으로 모색하라.

그래도 안 된다면, 노동청에 진정을 해라.

노동청에 진정하는 것은

헌법과 근로기준법이 보장하는 권리이다.

아는 乙이 슈퍼 甲이다.

갑론을박이 될 수 있는 날이 오길 바란다.

갑이 논하면 을이 논박할 수 있는 날 말이다.

너희들은 갑질 해라.

나는 멘탈갑이다.

슈퍼갑 위에 울트라 멘탈갑이 있다.

네가 아무리 갑이라고 해도,

누가 뭐라고 해도, 내 인생의 갑은 나다.

甲: 늬 내가 누군디 아늬? 현피 뜰까?

乙: 고마해라. 마이 뭇다 아이가.

감정노동 쓰담쓰담, 토닥토닥, 넌 있는 그대로 소중하니깐

각종 민원을 접수하고 각종 애로사항을 해결하는
콜센터를 체험한 적이 있다.

따르릉~ ♬ "네~ 아마노 콜센터입니다."
솔음의 목소리로 응대하면서 친절함이 배어 있었다.
그러나 일부 고객은 이미 화가 난 상태였다.
감정노동자는 고객의 화를 마주하고 화가 올라온다.
누군가의 화를 풀기 위해
누군가가 화풀이 대상이 되었다.

이를 통해 감정노동에 대해 생각하게 되었다.

감정노동자보호법(산업안전보건법)이 시행되었지만,

인간의 감정은 법으로 달래지지 않는다.

그리고 대부분의 직업군에

감정노동이 포함되어 있다는 것이 문제이다. (즉, 월급에 포함)

정작 가고 싶은 곳은 가지 못하는 **택시 기사,**

커피 마실 시간 없는 백다방 **바리스타,**

취폭 민원 스트레스에 술 당기는 경찰관,

했던 말 또 하고 또 하는 만취객 리바이벌에

토하고 싶은 **술집 사장,**

환자에게 운동하라면서 과도한 업무로 운동할 시간이 없는 의사,

한약 지어 드시라면서 감기 걸리면 주사 맞는 **한의사,**

이혼하고 싶은 이혼 전문 변호사,

마음 상처를 치료하는데 "아프냐? 나도 아프다."

라고 하고 싶은 **마음 치료사,**

10시간씩 하는 심리 상담으로 심리가 불안한 **심리 상담사,**

너무 많은 정신과 상담으로 미쳐 버리고 돌아 버리고

우울증과 공황장애 걸릴 것 같은 정신없는 **정신과 의사**,

내 안의 화를 끌 수 없는 소방관,

노동가를 부를 수 없는 **노동부**,

전화 받느라 전화 걸 여유조차 없는 **콜센터 직원들**!

웃픈 현실이다.

감정은 인간의 본능이고 기본적 권리이다.

인간의 감정을 대한다는 것은

가장 가치 있는 일 중에 하나가 아닌가 생각해 본다.

그러므로 감정을 대하는 감정노동자는

가장 가치 있는 일을 하고 있는 것이다.

자존감 떨어지시죠? "쓰담쓰담"

감정노동에 지친 우리 직장인들이여! "토닥토닥"

당신은 있는 그대로의 모습이 소중하니까요.

정작 가고 싶은 곳은 가지 못하는
택시 드라이버

양화대교 아님

직장 출혈로 소주 주사 맞는다
(출근 하자마자 술 마시고 싶다)

시집살이보다 더한 직장살이는

장님 3년, 귀머거리 3년, 벙어리 3년으로 버텼다.

하지만 아직도 본 것을 못 본 척, 들어도 못 들은 척하고,

사장님 귀는 팔랑귀라고 외치지 못하고 있다.

직장고(苦)는 쓰리고로도 모자란다.

미치고(苦)

빡치고(苦)

똥 치우고(苦)
약치고(苦)
삽질하고(苦)
고통의 연속이다.

그래서 직장인들의 마음 심(心)은 변화무쌍하다.
그대여! 아유 레디?
(랩 하듯이 읽어 보세요.)

〈직장인들의 마음 심(心)〉

어릴 적 내 꿈은 야심

이제는 직장에서 잘리지 않기 위해 조심

갑질 당할수록 나의 성격은 소심

직장을 오래 다닐수록 점점 없어지는 초심

그래도 회사 일은 온 마음 다해 일하는 성심

실제 내 마음은 월급 더 달라는 내심

후배가 말대꾸하니 괘심

승진심사 떨어져 낙심

후배가 먼저 진급하다니 방심

나의 인사고과는 오심

너무 화가 나 사표를 낼 작심

아기 생각나 사표 내길 포기하는 변심

너무 빨리 일을 했더니 할 일 없어서 심심

월급 적어 마음껏 먹을 수 없는 안심 등심

내 인생은 한심

회사 스트레스는 극심

일하지 않고 어릴 적 놀 때가 좋은 동심

소액 상여금은 인심

쌓여 가는 빚 때문에 근심

내 월급은 매달 추심

내 월급 인상률은 무심

회사에서 돈 벌 수 없는 것이 핵심

욕먹어도 버텨야 하니 낮아지는 존심

노조 가입하자는 것은 민심

아니야. 정신 차려서 일하자 명심

이렇듯 직장인의 마음은 변화무쌍하다.

또한, 회사의 아이러니는 이러하다.

회사의 잘못된 점은 잘못되었다고 말하는 열사

투쟁으로 바로잡겠다는 전사

회사를 처음부터 끝까지 바꿔야 한다는 혁명가

회사의 모든 게 싫다는 저항군

사장님 호명에 넵! 하며 칼 루이스, 벤 존슨, 우사인 볼트보다

빨리 뛰어가는 건 뭥미?

또한, 채용 전에는 사회성 좋은 인싸를 선호하지만

채용 후에는 평일 야근과 주말 출근으로
사회성 없어야 하는 아싸를 선호한다.

이전에 잡코리아 광고가 직급을 위트 있게 적절히 표현하여
인기를 끌었었다.
직급 순으로 시작하겠다.

실현불가 주문을 외는 그대는
사장인가 제사장인가

책임질 일에는 나 몰라라 하는 그대는
이사인가 남이사인가

일만 받으면 끌어안고 묵히는 그대는
국장인가 청국장인가

침 튀기며 설교만 하는 그대는
차장인가 세차장인가

신입 때 두 달 연속 밤 새웠다는 그대는

과장인가 극과장인가

밥만 먹으면 방전되는 그대는
대리인가 밧데리인가

사사건건 감시하고 고자질하는 그대는
사원인가 감사원인가

이렇듯 직급별로 지랄 컷이 실제로 존재한다.

직장 생활은
출근 하자마자 집에 가고 싶고,
일 하자마자 술 마시고 싶으며,
커피 링겔로 겨우 버틴다.

불금이 되면
어깨 위에 불곰 한 마리 앉은 듯 무겁다.
제정신으로 살 수 없어서

제정신이 아니기도 하고 해서

오늘 저녁 퇴근길도

직장 출혈로 소주 주사 맞는다.

내가 불곰이 된다.

위장 아프게 하는 직장,
위장 채워 주는 직장

위장을 아프게 하는 곳이 직장이지만,

위장을 채우게 해 주는 곳도 직장이다.

우리 직장인들은 직장 생활 하느라 힘들어 뒤질 지경이다.

통장은 텅 비어 있는 텅장이고,

매번 반복되는 출퇴근과 업무에 시달리지만,

매번 월급은 반복됨에 그나마 위로를 받는다.

월급은 합의금이자, 위로금이자, 깡값이다.

그러기엔 턱없이 부족하지만 이마저도 없다면 생활할 수 없다.

직급별로 지랄 컷은 이러하니 위장이 안 아플 수가 없다.

내가 언제 그랬냐며 보고를 사장시키는 **사장님**

이런 지랄은 전무한 듣보잡 **전무님**

사장님이 회사 상태 물어보면 항상 이상무라는 **상무님**

보고할 때 포장을 기가 막히게 하시는 포장이사 **이사님**

사생활까지 꼬치꼬치 다 캐묻는 부장검사 **부장님**

회식 술자리에서 1차 2차 3차 외쳐 대시는 차차차 **차장님**

나 때는 말이야 과장하는 기교가 뛰어난 **과장님**

대리한테 몰리는 일에 대리를 부를 수 없냐는 **대리님**

불교 사원에서의 템플스테이가 당장 시급한 **사원**

직장 스트레스로 인하여 속쓰린 위장은

겔포스로도 해결이 안 된다.

다람쥐 쳇바퀴처럼 회사 생활은 무한 반복되고

직장인의 80%는 인간관계로 괴로워하며, 직장이 지옥이 된다.

회사는 행복하고 낭만적인 곳이 절대 아니다.

돈 받고 일하는 냉정한 프로의 세계이다.

자아실현 글쎄다.

사장님 중에도 자아실현 하는 분이 극히 드물 것이다.

그래서 매달 월급을 주면서 위로하는 것이다.

이것 받고 좀 참아 보라는 것이다.

직장 스트레스에 과민 반응 하지 말자.

지나고 나면 기억도 안 나거나 왜 그랬나 싶다.

어릴 때 죽을 것 같이 힘들었던 것을 기억해 봐라.

학창 시절 시험을 못 봐서 뛰어내리고 싶을 정도로 힘들었을 때,

그때 왜 그랬나 싶다.

너무나 사랑한 연인과 이별해서 죽고 싶었을 때,

그때 왜 그랬나 싶다.

지금 와서 생각해 보니 전혀 중요하지 않고

오히려 그때가 그립기도 하다.

이렇게 위장을 아프게 하는 직장이지만

그래도 위장을 채워 주는 직장이다.

또한, 위장을 채워 주지 않으면
위장이 더 아프다는 것을 명심하자.

퇴근 후 만사가 귀찮을 때
아무것도 안 하고 멍 때려도 된다.
쓰린 위장에게 겔포스 한 첩 준 후
아무것도 안 하고 멍 때려라.

다람쥐 쳇바퀴 돌 듯
회사 생활은 무한 반복!
휴대폰 모닝콜 알람은 오토리버스!

무엇을 쫓고 있는 걸까?
"야, 4885 너지?"

회사의 기이한 현상에 대한
직장인 격공

기이한 법칙과 이론

〈직장인의 법칙〉

파킨슨의 법칙_ 투자한 시간에 관계없이 일은 늘어난다는 법칙

만유인력의 법칙_ 모든 일은 나에게 온다.

관성의 법칙(직장 제1법칙)_ 사원일 때 하던 일을 차장이

되어서도 한다. 똑같은 일을 계속 한다.

힘과 가속도의 법칙(직장 제2법칙)_ 높은 직급, 힘이 센 사람이

시킨 일의 가속도가 붙는다.

작용반작용의 법칙(직장 제3법칙)_ 담당부서에 일을 이관하면
다시 돌아온다.

어마어마한 공통점은 파킨슨의 법칙을 제외한 네 가지 모두
뉴턴이 시발자였다는 것이다.

〈회사 소문의 상대성 이론〉

남 흉보는 소문은 빛의 속도보다 빠르다.

세상에서 가장 빠른 것이 회사 소문이다.

〈궁예의 관심법〉

사람의 마음을 꿰뚫어 보는 신기한 능력이라는데

회사에도 궁예질 하는 쌍놈들이 있다.

멋대로 추측하고 해석하는 궁예질을 해 대며 뒷담화를 깐다.

짐을 뒷담화 깐 쌍놈은 누구인가?

넌 내게 모욕감을 줬어!

살고 싶다면,

사딸라. 오케이 사딸라!

기이한 팀

〈팀워크가 아닌 팀킬로 돌아가는 회사〉

연구대상인 연구소

컴퓨터랑 얘기하는 기분 들게 하는 전산팀

자기관리도 안 되는 고객관리(CRM)팀

서비스 마인드가 없는 서비스팀

인사는 만사라는데 만사 귀찮다는 듯 행동하는 인사팀

매일 노조 가입하겠다는 노무팀

회개부터 받아야 하는 회계팀

감사의 의미를 모르는 감사팀

리스크 유발하는 리스크 관리팀

매일 돈 없다는 자금팀

쇼핑만 해 대는 구매팀

일 떠넘기는 기술 뛰어난 기술팀

개인 일을 공무처럼 보는 공무팀

질 떨어지는 인성 보유한 품질관리팀

해외로 팔아 버리고 싶은 해외 판매팀

자재심이 필요한 자재팀

윤리책도 읽지 않은 듯한 윤리경영팀

노와 사는 절대 협력 안 하는 노사협력팀

직원 조지는 기획을 하는 기획팀

직장에서 TF팀을 구성할 때 어벤져스 멤버에 가까운 팀을 만든다.

그런데, 서로 싸우기 바쁘다.

(Avengers: 복수하는 사람, 원수를 갚는 사람)

곧 엔드게임이 된다.

왜냐하면?

지들 잘난 맛에 사니깐.

놈놈놈(기이한 놈, 기이한 놈, 기이한 놈)

〈회사를 위한 서시〉

어떤 회사를 가도 또라이는 꼭 있다.

어떤 회사를 가도 정치하는 사람은 꼭 있다.

어떤 회사를 가도 여우가 꼭 있다.

어떤 회사를 가도 노는 사람은 꼭 있다.

어떤 회사를 가도 쌍놈은 꼭 있다.

어떤 회사를 가도 꼰대는 꼭 있다.

어떤 회사를 가도 무능한 사람은 꼭 있다.

어떤 회사를 가도 **썩을 놈**은 꼭 있다.

(방부제를 처드셨는지 미라도 아니고 절대 안 썩음)

어떤 회사를 가도 웃으면서 꾸짖는 기분 나쁜 시방세가 꼭 있다.

어떤 회사를 가도 족 같은 놈은 꼭 있다.

해가 지기 전에 가려 했지.

너와 내가 있던 그 언덕 직장 속에

하지만,

오늘도 야근각으로 해가 지기 전에 갈 수가 없다.

회사에서 정치하는 사람 꼭 있다.

국회를 가시든가?

회사에서 정치하는 두 놈들을

엑셀에 넣어 병합하고 가운데 맞춤을 하고 싶다.

회사 체질이 아닌 사람들이 회사에 모인다.

직장인의 별이라는 임원은 임시직이다.

사장님이 말씀하신다.

일을 왜 이렇게 거지같이 해?

거지같이 월급 주니까요.

회의편

외국인 없는 영어 회의

외국인도 없는데 회의를 영어로 하고 지랄이다.

한국말 해라. 언빌리버블! 앙드레김님 나셨다.

매일 아침 회의 주재를 하고,

점심 메뉴도 회의를 통해 다수결로 선택하는 직장

회의로 시작해서 회의로 끝나는 회의주의자

문제점에 대한 해결 회의가 점점 미궁 속으로 빠진다.

가수 조관우의 "늪" 노래가 귀에 맴돈다.

경조사편

경조사만 생기면

꼭 다른 선약을 만드는 절대 안가파

집안에 누군가 아프게 되는 병원파

돈만 주는 게 진짜 도와주는 것이라는 현금 인출파가 있다.

기이한 현상들

월급통장명 마통
월급 받은 느낌은 있는데, 월급은 스치듯 안녕이고
월급통장은 텅장이 됐다.
와~ 오늘은 월급날이다.
카드사, 보험사, 통신사, 은행에서 다 퍼간다.
월급통장이 텅장이 되고
마지막 대출이자 나가니 마통이 돼 버렸다.

연차 쓰고 쉬는 날에 전화가 더 많이 온다.
누가 갑질 하는 사람한테 오늘 연차라고 팩스라도 보낸 건가?

회사에도 품앗이 문화가 있다.
아픔을 대비해 건강보험료,
늙음을 대비해 국민연금보험료,
실업을 대비해 고용보험료,

다침을 대비해 산재보험료,

다행히 산재보험료는 회사만 낸다.

기이한 먹거리

〈국밥 사랑〉

직장 다니며 안 먹어 본 해장국이 없다.

직장 다니며 안 먹어 본 국밥이 없다.

부장아! 넌 조선의 국밥이냐?

아주 그냥 뚝배기를 날려!

〈직장에서 인기 있는 음료〉

술, 커피, 핫식스 등

공통점_ 환각 증세 나타남

기이한 비밀들

내 뒤에 무언가가 있음이 직시될 때 재빨리 컨트롤 탭이고,

임원이 내 이름 부를 때 "예~ 상무님" 하며

우사인 볼트보다 빨리 달려간다.

〈인사 급여 담당자만 아는 급여 전문 용어〉

"넣다 빼서 바로 싸 주기"

: 급여 대장 지급에 넣었다가 급여 공제로 빼서
　바로 통장에 싸 주는 것

기이한 공감

직장인의 불치병: 월요병

세상에서 가장 힘든 일: 내 일

〈직장인들의 공통점〉

열심히 일했는데 별로 한 것이 없다.

열심히 일했는데 점심시간이 아직 2시간이나 남았다.

딱히 쓰는 곳이 없는데 돈이 없다.

딱히 많이 먹는 것도 아닌데 살이 찐다.

술배가 나온다.

주말이 짧게 느껴진다.

평일은 긴데 주말은 짧게 느껴진다.

그러나,

주말이 짧게 느껴지는 것은
실제로 주말이 짧기 때문이다.
평일은 5일이고, 주말은 2일이다.
평일이 2.5배 길다.

〈아이러니 실적〉

영업사원은 실적이 인격이다.
관리직은 관리할 일이 없어야 잘하는 것이다.
관리할 일이 없어져야 성과가 나는 것이다.
사장 입맛에 끼워 맞춰 각색 보고하면 그것이 실적이다.

보고에 보고로 중요한 일을 놓친다.

출퇴근 기록기, CCTV, 문서보안 프로그램 등
내가 회사원이냐? 간첩이냐?
왜 이렇게 감시를 하는 거야?
나에게는 12척의 배는 없지만 컨트롤 탭이 있소이다.
컨트롤 탭탭!!

회사 단톡방에서 가장 없애고 싶은 기능_ 수신 확인 1
회사 단톡방에서 가장 하고 싶은 기능_ 방폭
상사의 업무 지시 카톡은 보지도 않고 무조건 넵이다. 넵병!

야근 후 너무 피곤해 걷기도 힘들어
집을 회사 옆으로 가지고 가고 싶은 마음인 프로 야근러님!
기이한 현상을 매일 겪는
회사 체질 아닌 회사원들이여!
쓰담쓰담 수고 많아요.
야근각, 개갈굼, 박봉, 갑질을 버티는 직딩들이여!
퇴근길에 레드카펫을 깔고
나 자신을 위한 시상식을 열어 주어라.
그대의 삶 자체가 인생대상이기 때문이다.

과음 후 회사 PC를 켜면
"환영합니다."가
"환장합니다."로 보인다.

인사고과
꺼져 주세요!

회사에서는 연말이 되면 인사고과를 하고

소 등급 매기듯 등급을 결정한다.

그 등급에 따라 연봉이 책정된다.

인사고과 등급이 낮게 나왔다면

평가를 정중히 사양해라.

내 가치는 돈이나 등급으로 책정되지 않는 고귀함이다.

인사고과 후 니가 잘났니 내가 잘났니

서로 디스질을 한다.

놀고 자빠져 있네.

너나 잘 하세요. 불친절한 금자씨!

낮아진 연봉을 보면 위장이 작아진다.

에라이~ 올해 소고기는 다 먹었다.

인사고과를 소 등급 매기듯 평가를 하고

그 등급에 따라 먹을 수 있는 소고기 등급도 달라진다.

인사고과의 오류 유형 중 시간적 오류라는 것이 있다.

인사고과 하기 전 후반부 실적이 좋으면

좋은 평가를 받는 것이다.

이전에 아무리 잘했다 할지라도

후반부에 못했다면 나쁜 평가를 받는다.

전반전에 조금 못했을지라도

후반전에 열심히 달려라.

끝이 좋으면 다 좋은 것이다.
조직의 기억력은 알츠하이머 수준이다.

어마어마한 갑질을 당한 직장에서
인사고과까지 낮은 등급이었다.
퇴근길에 하얗게 핀 꽃이
마치 나무에 팝콘이 달려 있는 듯해서
너무 예쁘고 신기하여
무슨 나무인지 팻말을 보았다.
조팝나무…. 조팝나무에 감정이입이 된다.
팝콘 꽃이 달린 나무 이름은 조팝나무. 조팝
네이년에 조팝나무의 꽃말을 검색하니
"헛수고, 하찮은 일"이었다.

우리 직장인은 무기 2가지를 항상 지니고 다닌다.
왼쪽 가슴에 품은 사직서와 지갑 속의 로또이다.
매번 금요일 퇴근길에 외친다.
월요일에 출근 안 하면 로또 된 것으로 알아라.

우리에겐 사직서와 로또가 있다.

로또 당첨될 확률이
사우디 왕세자가 한국에서 주유소를 창업하여
기름 값 폭락하는 날이 오는 것보다
더 확률이 낮다는 것을 알면서도
직장인들은 매주 로또를 사서
한 주 동안 희망을 가지고
가슴에 품은 부적으로 생각하며
한 주를 버틴다.

인사고과 좀 낮으면 어때.
내 인생은 내가 평가해.
내 인생고과는 빼어날 수(秀)야.
소 등급 평가 따위는 사양합시다.
얻다 대고 평가질이야!

인사고과를 소 등급 매기듯 평가를 하고
그 등급에 따라 먹을 수 있는 소고기 등급도 달라진다.

얻다 대고 평가질이야. 썅~!

엑셀과 매일 썸 Σ (SUM) 타는 직장인

직장인들이 회사에서 매일 썸 Σ (SUM) 타는 대상은 엑셀이다.

와이프보다 엑셀을 더 많이 본다.

썸남 썸녀가 아닌 엑셀과 썸 Σ (SUM) 타고 있는 것이다.

REF!(유효하지 않는 참조영역을 지정함)

엑셀 함수에 종종 REF가 나온다.

넌 고요 속의 외침도 함수 이별 공식도 아닌 거지?

그리고, 함수야! 넌 중학교 때부터 지금까지 몇 년을 괴롭히니?

그러나,

엑셀 함수를 조금만 알면 일이 확 줄어든다.

썸Σ(SUM) 타는 대상을 알면 알수록 재미있다.

엑셀 함수, 이것만 기억하자.

〈회사에서 자주 쓰는 엑셀 꿀팁〉

VLookup_   세로 방향으로 데이터를 검색하여 원하는 값 추출

                    가로 방향은 Hlookup이다.

if함수

if(조건, 참값, 거짓값)

=if(조건의 판단 결과 값이, 참이면 이 값이고, 거짓이면 이 값이다.)

sumif_   조건에 맞는 셀의 합계

countif_   조건에 맞는 셀의 개수

엑셀의 꽃은 피벗 테이블이다.

피벗 테이블은

빅데이터를 요약할 수 있는 기능이다.

있어빌리티 보고서 작성 시 엑셀 그래프를 활용하면 있어 보인다.

이것만이라도 공부하면

정말 업무 시간이 확 줄어들 것이다.

매일 매일 썸 타는 대상이

썸남 썸녀가 아닌 엑셀일지라도

그대 자체가 excel입니다.

그대는 상상 이상으로 뛰어나고 탁월하다.

Excellent!

직장인들이 회사에서 매일 썸Σ(sum) 타는
대상은 엑셀이다.

단언컨대, 사표 낼 용기보다
남을 용기가 크다

까치 까치 설날은 어저께고요, 우리 우리 설날은 오늘이래요.

그러나, 직장인에게는

까치 까치 설날은 출근이고, 우리 우리 설날도 출근이다.

어저께도 출근하고 오늘도 출근하며

하물며 명절에도 출근할 때가 있다.

퇴근보다 퇴사가 간절하다.

직장 상사 갑질이나 고객 갑질에

회사를 때려치우고 장사하고 싶은 마음이 굴뚝 같다.

회사를 다니다 보면, 1년 차, 3년 차, 5년 차

꼭 홀수 차에 힘들고 퇴사 욕구가 샘솟는다.

퇴사해서 장사하면 좀 편해지고

사장 되면 더 쉴 수 있을 것이라고 생각한다.

그러나 장사하면 고객 모두가 갑이 된다.

슈퍼마켓에서 오백 원을 쓴 사람도 슈퍼 갑이 된다.

직장인의 불치병인 월요병을 없애는 방법은

편의점 사장 되기이다.

편의점 사장이 되면 주말이 없어져 월요병도 완치된다.

누군가 퇴사하면 분위기에 휩쓸리는 경향이 있는데

그 분위기를 절대 타지 마라.

퇴사하는 사람한테 감정이입 하지 않아야 한다.

『영어책 한 권 외어봤니?』의 저자 김민석 PD가

세바시에서 어느 시트콤에 대한 얘기를 했다.

시트콤에서 퇴사를 고민하는 후배가 선배에게 상담을 했다.

선배가 후배에게

"자르기 전에 절대 니 발로 나가지 마라."라고 하자

후배는 "버티면 상황이 좋아질까요?"라고 묻는다.

선배는

"상황이 좋아지진 않아. 단지 니가 더 나은 사람이 될 거야."

라고 대답한다.

이직하여 새로운 직장을 다니면 좋을 것 같지만

구관이 명관이라고 그놈이 그놈이고 그년이 그년이다.

중요한 건 직장을 대하는 태도이다.

상사 면전에 "퍽유"라고 하고,

회사를 그만둘 수 있는 돈을 가진 상태를 뜻하는

'퍽유머니(fuck you money)'라는 것이 있다.

『불행 피하기 기술』이라는 책에서,

퍽유머니는 회사를 그만두고

한 해 동안 자기가 원하는 대로 살아볼 수 있는 정도의 금액인

1년치 연봉이라고 말한다.

상사 면전에 퍽유를 날리고 당당히 걸어 나오는 장면은

상상만 해도 통쾌하고 짜릿하다. 부장님! 퍽유!

그런데 퍽유를 날리려고 하면,

또 다시 1년 후에는 직장에서 퍽유머니를 모아야 하고

빈털터리 인생이 되고 말 것이다.

사직서 던지면서 떠날 용기도 크지만,

사직서를 가슴에 품고 남을 용기는 더 크다.

퇴사하고 싶으면

동대문 새벽시장과 새벽 인력시장을 가 보아라.

정신이 번쩍 들 것이다.

초심을 잊지 마라.

취준생 시절, 얼마나 가고 싶어 했던 일자리인가?

취준생의 꿈은 직장인, 직장인의 꿈은 퇴사,

퇴사한 백수의 꿈은 다시 직장인

오토리버스처럼

다람쥐 쳇바퀴처럼

뫼비우스의 띠처럼 무한 반복된다.

회사는 냉정한 곳이다.
회사가 목숨 걸고 헌신한 나를 배신(해고)할 수 있고,
나도 배신(이직)할 수 있다.
애인과 죽을 것 같이 사랑하다가도 헤어지는 일이 허다하다.
20년 넘게 회사에 청춘을 바쳤는데
회사가 나한테 어떻게 그럴 수 있냐고? 그럴 수 있다.
30년 넘게 부부로 살아도 이별하면 남이다. 하물며 직장이다.

완벽한 사람이 없듯 완벽한 직장도 없다.
내가 좋아하는 일을 하고, 연봉도 많고,
좋은 상사와 미래가 보장되며,
출근하는 게 뛸 듯이 설레는 직장은 더더구나 없다.
박수칠 때 떠나라.
떠날 때 떠날 수 있어야 한다고 하지만,
떠나는 것보다 버티고 견디는 것이 더 값진 것이다.
단언컨대, 사표 낼 용기보다 남을 용기가 더 크다.

퍽유머니(fuck you money)
상사 면전에 "퍽유"를 외치고,
회사를 그만둘 수 있는 돈을 가진 상태를 뜻한다.

퍽유머니 묻고 더블로 가.

·제 2 장·

술

술 마시기
딱 좋은 날이다

칸트의 술의 정의는 이러하다.

"술은 입속을 경쾌하게 한다.

그리고 마음속을 터놓게 한다.

이렇게 술은 하나의 도덕적 성질

즉, 마음의 솔직함을 운반하는 물질이 된다."

술에 대한 가장 철학적인 정의이다.

술은 입속을 호쾌, 상쾌, 유쾌, 경쾌, 통쾌하게 한다,

칸트가 말한 것처럼 술의 성분에는 분명 도덕적 성질이 있다.

마음의 솔직함을 운반하는 물질이 함유되어 있는 것이다.

그 물질은 알코올이라 불리는 에탄올이다.

탈무드에서는 술이 머리에 들어가면

비밀이 밖으로 밀려난다고 했다.

또한, 한잔 술은 삶을 위로해 주는 안정제가 된다.

소주는 80% 이상의 물과 20% 이하의 알코올,

그리고 도덕적 성분이 가미되어 있다.

맥주는 순도 95% 탄산수와 도덕적 성분,

막걸리는 순도 90% 물에 말은 숙성된 밥과

도덕적 성분이 가미되어 있다.

결론적으로 술은 80% 이상의 물과

도덕적 성분으로 이루어져 있다.

얼핏 보면 보약보다 더 좋고

도덕성을 갖춘 완벽한 물질인 것 같다.

도덕적 성분을 마시는 프로 주당러는

기회만 되면 술을 마신다.

술 마실 기회가 없으면 기회를 만들고,

술 마실 이유가 없으면 이유를 만들어 술의 노예가 된다.

기분 좋은 날이면 **기분 좋아서** 마시고,

기분 나쁜 날이면 **기분 나빠서** 마시고,

심심한 날이면 **심심하다고** 마시고,

날씨가 흐린 날은 **흐리다고** 마시고,

맑은 날은 **날씨 좋다고** 술을 마신다.

술 당기는 날이면 당긴다고 마시고,

안 당기는 날이면 술 마시면 기분이 어떨지

실험적으로 마신다. 그럴 때는 술 마루타가 된다.

또한, 운동으로 땀을 뺀 그때 술이 필요하다.

운동 후 맥주 맛은 꿀맛이다.

등산 후에는 막걸리와 파전이 필요하다.

그런데 등산에서 소비된 열량보다

막걸리와 파전의 섭취 열량이 더 높다.

넌 소주잔을 꺾는 게 멋지다.

소주 첫 잔의 네 표정은 예술이다. 마치 인생이 담긴 듯해.

술 먹고 캬하~ 하는 소리가 죽인다.

도덕성을 마시는 프로 주당러는

술 마시는 행위에 대해 서로를 칭찬한다.

프로 주당러는 **처음파와 이슬파**로 나뉜다.

처음파와 이슬파에서도 레드족과 블루족으로 나뉜다.

처음파는 부드러운족이라는 한 부족이 더 존재한다.

나를 슬프게 하는 세상. 나를 술 푸게 하는 세상이고,

슬픈 날은 술퍼, 술푼 날은 슬퍼이며,

슬퍼지려 하기 전에 술펐다.

술이 솜사탕처럼 달다.

술이 꿀처럼 달콤했다.

도덕적 물질을 마시는 프로 주당러는 오늘도 외친다.

"술 마시기 딱 좋은 날이네!"

고마 쎄리 마! 술 한잔 사 주이소.

술의
시공간적 개념

술의 시간적 개념

새벽_ 아늑한 새벽 술맛은 은근 괜찮다.

아침_ 출근하는 사람을 보면 낙오자가 된 기분이 들어 술맛
       별로였는데 아침 소주가 금소주라고 말하는 이도 있다.
       취향은 케바케(케이스 바이 케이스)이다.

점심_ 술은 낮술이지. 주당들은 다 아실 것이다. 정말 맛있다.

저녁_ 다들 드셔 보셨으니 생략. 그냥 꿀맛이죠, 나이스!

〈비 오는 날〉

옛날에는 밀가루 품질이 떨어져 점성이 좋지 않아서
맑은 날에는 전이 잘 부쳐지지 않았다고 한다.
그래서 전 부칠 때 수분이 많은 비 오는 날에 부치면
전이 잘 부쳐졌다고 한다.

〈눈 오는 날〉

추운 날 아이스크림이 맛있듯이
눈 오는 날 슬러시 소주는 기가 막힌다.
슬러시 소주는 소주병을 탁 치면 눈꽃이 피는 것처럼 아름답다.
소주잔에 따르면 사르르 하얀 눈꽃이 떨어지는 모습이다.
슬러시 소주는 일반 소주보다 잘 넘어가는데,
속에서 녹아서 그런지 훅~ 가는 수가 있다.

술의 공간적 개념

포장마차_ 천막에서 빗소리 들으며 먹는 맛. 캬~하~
   계곡_ 여름날 계곡에 발 담그고 술 먹으면
       주량 2배로 늘어남.

집_ 집에서 마시면 주량이 절반으로 줄어듦.

차_ 비 오는 날 차 안에서 차 천장에
비 떨어지는 소리를 들으면 술이 당긴다.

길_ 길맥을 할 경우, 까만 봉지에 넣고 마시거나,
1회용 커피 용기에 넣어 빨대로 마시면 된다.
유리멘탈 아닌 강철멘탈이면
걍~ 캔맥이나 병맥을 대놓고 마셔도 된다.

〈술 신조어〉

홈술_ 집에서 술 마시기

길맥_ 길 가면서 맥주 한잔 마시기

편맥_ 편의점에서 캔맥주 마시기

버맥_ 버스에서 맥주 마시기

북맥_ 책 읽으며 맥주 마시기

술의 계절적 개념

봄_ 풀 냄새 맡으며 샤워 후 마시는 맥주 한잔에
그날 스트레스가 바로 날아간다.

여름_ 벤치에서 자면 안 됨. 더워서 쓰러질 수 있다.

한 치킨집 광고에 이런 문구가 있었다.

이열치열: 이 열은 치킨이 다스린다.

가을_ 가을에는 술이 익어 가고 가을이 깊어갈수록

술맛은 더 깊어간다.

겨울_ 추운 날 뜨끈한 정종 한잔은 예술이다.

술이 달다는 것은 겨울이 가까워졌다는 것이다.

초겨울 술맛이란….

술이 벌써 맛있어졌다는 것은 겨울이 더 깊어졌다는 것이다.

겨울이 와야 정말로 맛있는 술을 먹을 수 있다.

뜨끈한 오뎅 국물에 차디찬 소주 한잔

겨울 냉, 오뎅 온, 소주 냉, 몸 안은 온, 냉온냉온 캬~하~

겨울 술은 찬바람 솔솔 맞으며 먹어야 제맛이다.

안주적 개념

치맥, 피맥_ 인생 안주이나, 치맥은 통풍을 조심해야 한다.

전_ 전에는 막걸리

두부_   초고추장 찍은 생두부와 소주 한잔도
            궁합이 잘 맞는다.
회/매운탕_   회는 제철에 나오는 게 제일 맛있다.
고추참치_   막걸리와 고추참치가 궁합이 맞는다.

예전에 한국의 술 소비량이 러시아보다 적다는
신문 기사가 난 적이 있었다.
한강의 기적, 한국인의 승부 근성이 빛났다.
그 기사가 보도된 날
우리나라 주류 일소비량이 최대였다고 한다.

영화 『리틀 포레스트』 中
"최고의 안주는 알싸한 추위와 같이 나눠 마실 사람이라고 한다."
하나 더 덧붙여서, 음악이 있으면 더 금상첨화일 듯하다.

술은 시제가 없다.
시공간을 초월한다.
시도 때도 없이 마시고 싶다.

시도 때도 없이 어디서나 마시고 싶다.

술, 된장과 빵은 숙성되어야 맛있다.

가을에는 술이 잘 익는다.

가을에 술이 익어 가는 것처럼

인생도 세월도 익어 가는 것이다.

그대 인생도 술처럼 잘 익어서 술술 풀렸으면 한다.

날씨야 네가 아무리 추워봐라.
내가 옷 사 입나.
술 사 먹지.

_ 시인 신천희 「술타령」

99

병원 주사로도
치료 안 되는 술 주사

술 마신다고 문제가 해결되는 건 아니지만
우유 마신다고 나아지는 것도 없다.

_ 스코틀랜드 명언

병원 주사로도 치료 안 되는 술 주사 유형은 이러하다.

오줌방사형_   냉장고며 옷장이며 문만 열리면 싸 대는 유형

（싱크대에 쌌다는 사람도 있다고 한다.）

폭주형_   용감무쌍하게 술만 마시면 시비 거는 유형

도주형_ 도망가는 사람, 만취하면 귀소 본능이 발동하여
도주하는 유형

목사형_ 설교하는 사람, 아주 목사님 다 됐어.

전화질형_ 헤어진 연인이나 친구한테 전화질 한다.
아침에 이불킥 하며 후회하고 술 마시면 또 그런다.

잠자는 술집의 공주형_ 그렇게 잔다. 더 무서운 건 자다
일어나서 뱀파이어처럼 얼굴에
핏기가 없어지면서 술 마시기를 다시
달리기 시작할 때이다.

음주쇼핑형_ 음주 후 다이소나 편의점에서 쇼핑한다.
음주 후 인터넷 쇼핑하고 아침에 일어나
"왜 샀지?" 하며 바로 취소한다.

허심탄회형_ 할 말과 안 할 말을 다 한다.
그 다음날 기억이 나더라도 쪽 팔려서 필름이
끊겼다고 한다.

고성방가형_ 메아리가 칠 정도로 고성방가를 한다.

취권형_ 성룡이 되어 그렇게 무술을 한다.
취하면 하이바 씌워야 한다.

대성통곡형_ 소주를 보고 소주가 슬퍼 보인다고 하며
           계속 운다.
무한반복형_ 했던 말 또 하고 오토리버스처럼
           무한반복으로 같은 말을 한다.
애교형_ 혀가 짧아진다. 눈 풀려서 토 쏠리는 발음을 한다.
더러운 세상형_ 취하면 세상 한탄하는 유형
개진상형_ 클래스가 다른 민폐를 끼치며,
           여러 주사가 혼합된 형태로 답 없다.

단언컨대, 병원 주사로도 치료 안 되는 것이 술 주사이다.

병원 주사로도 치료 안 되는 술 주사

소주 링겔과 소주 수혈로 하루를 버텼다

이것만은 분명하게 말할 수 있네.
알코올이 나에게서 빼앗아 간 것 이상의 것을
나는 알코올에서 얻었네.

_ 처칠

직장 생활하면 저녁 노을만 봐도 술이 당긴다.

집에 바로 가려고 하면 헛헛한 기분, 허전한 외로움이 밀려온다.

마음을 소독하고 집에 가고픈 생각이 간절하다.

직장 생활하며 하루를 버틸 수 있게 해 준 것은

소주 링겔과 소주 수혈이었다.

간은 언제나 알코올에 절어 장조림이 되어 있었다.

인생이 쓰니 술이라도 달아야 하며,

일이 힘드니 퇴근 술은 정말 달달하기만 하다.

가장 행복했던 기억은 술 먹고 필름 끊겼을 때의

기억 없는 기억이었을 때도 있었다.

그만큼 하루하루가 힘들었다.

술이 힘이고 술이 약이며, 술이 유일한 낙이였다.

매일매일 술을 마시니 술도 세진다.

술을 계속 마시면 술이 세지는 것이

이런 이유일 수도 있을 것 같다.

맞은 데를 계속 맞으면 덜 아프고 단련되는 것과 같이

간땡이가 붓는 것이고,

간이 항상 술간이 되어 있어

감각을 잃어버리는 것 같다.

일한 후 허리가 아프고 근육이 당길 때는

소주 파스가 최고였고

직장 갑질에 내 마음을 소독하는 것이

소주 링겔과 소주 수혈이었다.

하루 스트레스를 풀기 위해

만취 후 솔리드의 "이 밤의 끝을 잡고" 노래를 부르면

이 밤을 간직한 채 잠시 널 묻어야 하겠지는

잠실에 묻어야 하겠지로 바뀐다.

대학교 때 도서관에서 공부하다가

도저히 공부가 안 되어서 막걸리를 먹고 공부했다.

한마디로 말해 막걸리 수혈을 받고 공부한 것이다.

공부가 너무 잘되고 암기가 술술 되었다.

술을 마시고 암기가 술술 되니 너무 기분이 좋았다.

그렇게 막걸리 먹고 밤을 샌 후

시험을 보는데 하나도 기억이 나지 않았다.

막걸리의 힘이었다.

막걸리가 가진 암기의 힘과 망각의 힘을 동시에 느낄 수 있었다.

건강이 허락한다면

인생은 짧고 사계절은 더 짧으니

인생 술집에서 술을 즐겨라.

과음은 하지 말고 조금씩 즐기라는 말이다.

나중에 아프면 술은 끊게 되어 있다.

몸이 아프면 알코올 중독자도 술을 끊는다.

불행컨대, 술을 끊는 최고 약은 건강 악화이다.

\# 붙임

개그맨 김재우는 만취하여 놀이터의 모래를 먹은 이후
술을 끊었다고 한다.

퇴근하려고 하면 헛헛한 기분, 허전한 외로움이 밀려온다.
마음 소독하고 집에 가고픈 생각이 간절하다.

술을 주님처럼 찬양했던 삶

> 한잔 술은 재판관보다 더 빨리 분쟁을 해결해 준다.
>
> _ 에우리피데스

술을 주님처럼 찬양하며 피로 빚은 포도주를 마셨다.

내가 술을 마시는 게 아니라 술이 나를 마셨다.

1주일에 8번은 마셨다.

8번을 채우려면

낮술을 한 번 더 먹으면 되는 것이다.

술은 첫사랑의 처음처럼 마시고,
참이슬 먹으면서 새벽이슬 맞을 때까지 속에 퍼부었다.

만취하니 참이슬은 거짓이슬이 되고
처음처럼은 끝처럼이 된다.
처음처럼 마시고 개처럼 취하고 새벽이슬을 맞는다.
처음처럼 마시고 만취하면 모든 일이 끝처럼 되고
참이슬 먹으며 새벽이슬 맞다가
샛별배송 하시는 택배기사님이나
더러운 세상을 깨끗이 치워 주시는 환경미화원분을 보면서
정신이 번쩍 든 적도 있다.

만취하면 술잔이 식기 전에 돌아오겠소라고 외치고
천하가 내 손안에 있으며 염라대왕이 두렵지 않다.
진상 극장이 시작된다.
내일 아침에 이불킥 하겠지만 내 손안에 천하가 있었다.
"물에 빠져 죽는 사람보다 술에 빠져 죽는 사람이 많다고 한다."
라는 말을 절실히 느꼈던 시절이다.

술이 원수다.

그러나 주님은 말씀하셨다.

네 원수를 사랑하라고 하셨다.

그래서 술을 사랑했었다.

술이 필요할 때가 있다.

서먹서먹할 때 금방 친해지게 하는 **친화주**,

잘 가고 잘 살라는 **이별주**,

돌아와서 기쁘다는 **귀향주**,

이별한 연인을 위로하는 **위로주**,

싸운 사람을 금방 화해시켜 주는 **화해주** 등,

술은 주님과 같은 위력을 가지고 있다.

이처럼 한잔 술은 재판관보다

더 빨리 분쟁을 해결해 주고,

백약보다 좋을 때가 있다.

싸운 사람을 금방 화해시켜 주는 술
오~ 주님!

고백컨대, 술을 거절할 용기는 어제의 숙취뿐이었다

> 인생은 짧다. 그러나 술잔을 비울 시간은
> 아직도 충분하다.
>
> _ 노르웨이 속담

김혼비 작가의 책 『아무튼, 술』에서는
소주병을 따고 첫 잔을 따를 때 나는 소리를
"똘똘똘똘과 꼴꼴꼴꼴 사이 어디쯤에 있는,
초미니 서브 우퍼로 약간의 울림을 더한 것 같은

이 청아한 소리는 들을 때마다 마음까지 맑아진다.”
라고 표현했다.

술맛 나게 하는, 술 당기는 맛있는 표현이다.
술이야 예술이야 언어의 마술 같다.
언어의 온도가 아닌 술의 온도가 느껴지고,
글의 품격이 아닌 술의 품격이 느껴진다.
대작하고 싶을 정도의 표현이다. 술 대작이다.
소주의 첫 잔 따르는 소리는
“똑똑똑” 내 가슴에 노크하는 소리로도
“꼴딱꼴딱” 마시라는 소리로도 들린다.

맥주캔을 딸 때, 따~악 쇳소리와
알루미늄 찌그러지는 소리는
마치 카스의 기포들이 알루미늄 캔을 뛰쳐나와
뱃속에 들어오려는 것처럼 들린다.
따악 소리는 마치
“따악! 술 마실 타임!”이라고 외치는 듯하다.

따악 꺾이는 쇳소리와

맥주 기포들의 차하 하며

탈출하고 싶어 하는 소리

맥주 소리의 해방감과

맥주 기포들이 불꽃놀이 하듯

나 나올래요 하는 듯하다.

샴페인은 술의 의미에 맞게

폭죽을 터트리듯, 불꽃놀이를 하듯 너무 호쾌하다.

소맥을 말 때는 요리하는 것과 같다.
간이 잘 되어야 한다.

간이 세거나 약하면 술맛이 없다.

소주와 맥주의 황금비율이 되어야 한다.

소맥은 카스처럼이 좋다.

(카스처럼 = 카스 + 처음처럼)

"이모! 카스처럼 주세요."라고 하면 된다.

자매품으로는

테슬라 = 테라 + 참이슬

테진아 = 테라 + 진로이즈백

구름처럼 = 클라우드 + 처음처럼

등이 있다.

데낄라의 술말은 '말 안 듣는 아이'라고 한다.

보드카는 러시아어로 '물'이라는 뜻이다.

데낄라와 보드카를 섞어 마시면

말 안 듣는 아이가 물 마시는 꼴이다.

아마도 뺨 때릴 정도로 끝내주는 맛일 것이다.

밤 12시가 넘으면

같이 먹는 걔들은 개가 되고,

소주에서 맥양(맥주, 양주)으로 주종을 바꾸고,

보드카 도수보다 나의 체온이 더 뜨겁게 느껴진다(HOT).

밤새 술잔을 부딪히며,

술은 마술인가 예술인가를 외치며,

하루의 상처를 술로 소독한다.

그리고 다음날 아침에 볼 빨간 고양이 얼굴로
"내가 또 다음에 술 마시면 개다 개야."라고 다짐을 한다.

이렇게 술 연구원이 된 것처럼 술에 대한 연구가 지극정성이고
술을 주님처럼 찬양하며
온종일 술 각을 세우고 마음만은 늘 만취 상태였다.
술자리를 찾아 헤매다가 없으면 술자리를 만들었다.

도덕적 성분이 함유된 물질인 술은
사람을 유쾌, **상쾌,** 호쾌, 경쾌, **통쾌하게 한다.**

고백컨대, 술을 거절할 용기는 어제의 숙취뿐이었다.

줄임말은 "카처"
이모, 여기 카처 카처!

프로 술꾼러들의 격공

술 종류별 이야기

간은 알코올에 절어 언제나 장조림이었고

나폴레옹 양주를 마시며

"나의 사전에는 금주란 없다."라고 외치던 시절,

추억의 양주 캡틴큐를 먹고 나는 캡틴이 되었다.

해적들은 럼주의 세기를 시험할 때

술에 화약을 조금 부었다고 한다.

해적답다.

진로 이즈 백 할 줄 알았다.

진로를 마시며 진로를 선택하던 시절이 있었다.

소주의 도수와 양은 기가 막히게 만든 것 같다.

늘 1% 부족하여 일 병을 더 시키게 된다.

일 병을 더 시키고 취하여 또 일 병을 시킨다.

각일병이 각이병 되고 각오병 되면 민방위가 된다.

기네스 맥주 안에 뭐가 들어 있는지

맥주캔 잘라 본 사람이 있을 것이다.

세계 맥주 4개가 만 원이더라도

고향의 맛인 다시다만큼

우리나라 내 고향의 맛

톡 쏘는 카스가 좋다.

아침에는 아메리카노가 당겼고

저녁에는 막걸리카노가 당겼다.

술의 기이한 현상

유혹의 소주타♬

"난 널 유혹하는 거란다. 뛰리뛰리뛰리 뛰리리리"

밤만 되면 몸에 유혹의 소주타가 흘렀다.

유혹의 속삭임은 바로 "한잔 해."

"난 널 유혹하는 거란다.

아트 더 비트 더 빡~!"

미레미레 미시레도라, 유혹의 소주타였던 것이다.

해장국에 들깨 조금 넣기

많이 넣으면 술이 덜 깨.

만취편

〈잃어버린 토요일〉

금요일에 술을 너무 많이 마셔

일어나니 일요일 새벽. 잃어버린 토요일.

장비가 술독을 들고 마셨던 것처럼

관우가 "잔이 식기 전에 돌아오겠소."라고 하는 것처럼

술 마시면서 가오 잡은 적이 있다.

밤이 깊었네

이 밤에 취해

술에 취해

이 기분에 취해

추억에 취해서

헤어진 연인에게 전화한 후, 아침에 일어나자마자 이불킥 한다.

술 이야기

소주 1 만 원 시대!

서민의 술, 서민 삶의 애환을 달래기 위해

물에 알코올 5분의 1 정도를 탄 물질의

가격 올리지 마라.

돈이 없을 때 안주 없이 술만 먹는다.

술값마저 부담스럽게 하지 마라.

시발 음주란

내가 스트레스를 받지 않았다면 마시지 않았을 술을 뜻한다.

예를 들면 홧김에 술 약속을 잡는다거나

평소라면 맥주나 마셨을 텐데

화가 나서 소주를 마시는 경우를 말한다.

오랜만에 만난 사람과의 과음은 필수다.

무너진 자존감을 술을 마시면서 달랜다.

만취하니 나의 몸은 알콜솜이 된다.

프로술꾼러!

소주 전사들이여!

오늘도 부어라 마셔라. 스파르타!

단, 건강이 허락하는 한!

부디 아프지 마소서!

유혹의 소주타

손발을 Do it! 단둘이 둘이!
이 밤을 Take it!

· 제 3 장 ·

삶, 걱정

국민 인생숙제
내 집 마련

평당 분양가 5천만 원 시대,

직장 생활을 10년 해도 2평 사기도 힘들다.

이런 말이 있다.

오늘이 제일 싸다.

정말 우리나라 집값은 오늘이 제일 싼 것일까?

맞벌이가 아니라 다벌이를 해도 집을 사기는 어렵다.

그래도 서울 아파트 수요는 언제나 맑음이다.

현금 부자들은 아파트를 줍줍줍 줍고 또 줍는다.

10억 클럽, 역세권, 트리플 역세권, 숲세권,

스세권(스타벅스 근거리), 맥세권(맥도날드 배달 가능한) 등

부동산 신조어가 계속 나오고 있다.

넌 억대 연봉이야? 난 억대 대출이다.

학자금 대출, 전세자금 대출, 주택담보 대출, 신용 대출 등

결국 은행만 배불리는 것이다.

천당 위의 분당, 천하제일 일산을 외쳤던 시절이 있었다.

승자는 천당 위의 분당이었다.

그 이유는 간단했다.

강남과 근거리에 있다는 것이다.

한 장관이 "강남이 좋습니까?"라고 했다.

좋아 보인다.

인생숙제가 내 집 마련인 사람이 많다.

장례식장에서 화장하는 것을 보았는가?

작은 상자 안에 들어간다.

마치 태어날 때의 작은 크기처럼 말이다.

태어날 때도 죽을 때도 한 평보다 작은 공간이면 된다.

조물주 위에 건물주가 있다는 말이 있다.

조물주보다 억소리 나는 건물주가 더 위대하다고 한다.

하지만, 건물주도 결국 건물은 두고 조물주의 곁으로 간다.

너무 욕심 부리지 마라.

태어날 때 빈손으로 왔다가

죽을 때 건물은 그대로 두고 빈손으로 간다.

우리 인생은 '공수래 공수거(公手來公手去)'이다.

붙임

〈아파트를 향한 서시〉

래미안, 아름답고 안락한 곳으로 올래. 가고 싶지만, 돈이 없다.

꿈에 그린 이편한세상에서 힐스테이트는 언덕의 성이구만.

이편한세상은 니만 편한 세상이구나.

아이파크, 눈으로만 보는 공원인 아이파크는 혼자만 푸르지오.

하늘의 별만큼 많은 집 중 나의 집은 어디에?

어울림은 금호한테만 어울리고 내겐 어울리지 않고

나의 미소는 미소지움 아니라 썩소!

현금 부자들은 아파트를
줍줍줍 줍고 또 줍는다.

줍 줍

현금 부자

하 —

유목민 생활은 언제 청산할 수 있을까?

집값 대책,
애덤 스미스의 보이지 않는
손으로 패 버리고 싶다

요즘 집값 안정화 대책이 알아볼 수 없을 정도로 많이 나온다.

하지만 서울 아파트 분양가 4억 미만은 찾아볼 수가 없다.

평당 분양가 5천만 원 시대가 열렸다고 한다.

1년에 1천만 원을 저금하면

10년이 지나면 1억 2천만 원(이자 배제)이다.

그럼 10년 벌어서 2평 아파트를 살 수 있다는 것이다.

아마 2평도 못 살 것이다.

10년 후면 그 집값은 2배 이상이 되어 있을 것이니까.

집값 안정화 대책을 보면
애덤 스미스의 보이지 않는 손으로 패 버리고 싶고,
집값 그래프를 보이지 않는 손으로 꺾어 버리고 싶다.

누구는 아파트 매매하여 줍줍 하는데
누구는 전셋방 먼지를 줍줍 하고 있다.
닭장이 되어 가는 아파트는 십억이 넘고,
우리는 억장이 무너진다.

자본주의의 태생적 한계가 공급량이 수요량보다 많다는 것이다.
그래서 전쟁을 일으켜 식민지를 만들어서
잉여 재화를 소비했었다.
우리나라 아파트 공급량은
자본주의의 태생적 한계를 극복한 사례가 될 것이다.

월급도 나라에서 삥 뜯는 것이 아닌 합법적 세금을 가지고 간다.
국가에 세금도 많이 내는데
공부하려고 학자금 대출을 받고

집을 사는 데 주택담보 대출을 받아야 한다.

빚을 내야 하는 사회 구조이다.

등록금 5백만 원 시대,

아파트 10억 클럽,

중산층 허리가 튼튼해야 경제가 안정된다는데

아주 그냥 3번, 4번 사이 척추뼈의 디스크를 터트려

중산층 허리디스크를 만든다.

결국 학교, 건설사, 은행만 부자로 만드는 것이 아닐까?

그리고 정부는 그 학교, 건설사, 은행에게 세금을 또 받는다.

일수 놀음이 아닌,

공부하고 싶으면 부담 없는 등록금으로 공부할 수 있어야 한다.

또한, 집도 상식적인 가격에서 살 수 있어야 한다.

그래야만 자생한방병원이 필요 없는

튼튼한 중산층 허리가 될 것이다.

집값 안정화 대책을 보면
애덤 스미스의 보이지 않는 손으로 패 버리고 싶고,
집값 그래프를 보이지 않는 손으로 꺾어 버리고 싶다.

지친 그대에게
우루사는 감사의 마음이다

왜 살아야 하는지를 아는 사람은
그 어떤 상황도 견뎌 낼 수 있다.

_ 니체

우리나라 자살률은 10만 명당 24.3명으로

13년 동안 OECD 국가 중 1위였다.

삶이 고통이라는 것을 인정하고

더한 고통이 없다는 것에 감사하라.

부처님은 삶을 고(苦)라고 하셨고,

예수님도 고통을 십자가를 통해 표현하였으며,

유대인은 선조를 통해 삶의 고통을 후대에 가르친다.

어느 TV 프로그램을 보니, 선교사가 암에 걸려 힘든 항암치료를 하는데도 자신은 IS(극단주의 테러조직 이슬람국가)에게 참수되는 사람에 비해 아무것도 아니라고 하며, 진정성 있는 눈물을 흘려서 진한 감동을 주었다.

삶의 고통을 이겨 내는 방법은
지금보다 더 큰 고통을 겪지 않음에 감사하는 것이다.

최악의 상황은 죽음이니 아직 살아 있음에 감사하라.

자살을 거꾸로 읽으면 "살자"이다.

다시 한번 거꾸로 살아 보라.

자살이 생각날 때는 거꾸로 읽어라.

툭툭 털고 일어나는 거다.

그리고

그대가 먹은 닭이 몇 마리냐?

그대가 살기 위해 먹은 멸치와 꽁치들에게도

멋진 삶을 보여 주자.

죽는 소리는 그만하시라.
인간은 놀라울 만큼 강하다.

반복되는 일상 자체가 힘들다는 그대여!
반복되는 일상이 힘들다지만 병원 문턱에서는 또 달라진다.
지금 숨 쉬고 있고, 지금 밥 먹고 있는 것을 감사하게 된다.

'복합 부위 통증 증후군'이라는 희귀성 난치병이 있다.
하루 24시간 내내 고통이 이어지는데,
불에 타는 듯한 고통, 칼로 계속 손발을 자르는 것과 같은
고통에 시달린다고 한다.
마약성 진통제를 복용해도 진통이 없는 시간은
3시간 정도 밖에 안 된다고 한다.
이러한 고통 없이 사는 것에 감사해야 한다.

말하고 듣고 숨 쉬고 걷고 대소변 잘 보고 잘 자는 것,
그리고 평상시에 고통 없이 사는 것이 당연한 것이 아니다.
병원에 가 봐라.

눈이 있는 것에 감사,

손과 발이 있는 것에 감사,

움직일 수 있는 것에 감사하라.

작은 것에 감사하는 지혜가 없으면 인생이 괴롭다.

또한, 어떠한 장애와 고통이 있다 할지라도

살아 있음에 감사하자.

항상 감사하는 마음으로 아침을 맞이하고

항상 감사하는 마음으로 하루를 살아라.

행복비밀의 문은 감사의 마음이다.

극한 인생
"지금까지 이런 인생은 없었다."

사는 게 시발스러울 때, 주위에 시방세(市方世)가 많을 때

시발 비용은 스트레스 받아 지출하게 된 홧김 비용이다.

예컨대,

스트레스 받아 고급 미용실에서 파마하기,

버스나 전철 타다가 열 받아서 택시 타기,

홧김에 치킨 시키기,

스트레스 받은 나를 위로하기 위해 쇼핑하기,

스트레스 받아서 쓰는 충동성 지출을

시발 비용이라고 한다.

삶이 그대를 속일 때,

회사에서 잘렸을 때,

애인과 헤어졌을 때,

사촌이 강남 건물을 샀을 때 등

사는 게 시발스러울 때가 너무 많다.

직장 상사가 일 빨리 끝내라고 재촉할 때

일본말로 기다려 달라고 정중하게 표현해라.

"촛또마떼구다사이!"

한국말로

"잠시 기다려 주세요."라는 뜻이다.

삶이 그대를 속이면 욕 랩과 지랄발광을 해라.

사는 게 시발스러울 때,

주위에 시방세(市方世)가 많을 때,

그런 지랄 같은 순간은 잇츠 욕 타임이다.

욕 랩을 하고 나면 가슴이 후련해진다.

사는 게 시발스러울 때, 주위에 시방세(市方世)가 많을 때

한번 해 보시라.

욕 들어갑니다.

마치 그대가 랩퍼가 된 것처럼 랩 하듯이 질러라!

자! 찰지게 생기 있게 야성적으로

아유레디 쇠쇠~ 쇳소리 내며 쉬이~이~작!

쇼 미 더 머니!

(반드시 소리 내야 효과가 있다.)

쌍 노무 색

이런 시바스

야, 이런 게시판

Shake it Shake it!

십장생

십자수

개나리

시베리안 허스키

신발끈

십상시

10알

이 say ya

마무리는 욕의 고전(古典)으로

시발

후련하시죠?

그대 마음만 후련하면 됩니다.

그대여! 호구로 살지 마시길

열 받을 때 가운데 손가락을 세워도 된다.

하지만,

이왕이면 검지도 함께 세워 승리의 브이를,

상대방에게 엄지와 검지를 포개서 사랑의 하트를,

상대방에게 넘버원 엄지손가락을 날려 주는

마음의 여유를 가진 그대가 되길 바란다.

이것은 상대방을 위해서가 아니라

자신을 위해서이다.

욕하면 나도 기분이 나빠지고
칭찬하면 덩달아 나도 기분이 좋아진다.

붙임

미워하면 내가 손해이고 욕하면 내 입만 더러워진다.

욕하면 내 입만 더러워지더라도 속은 시원해진다.

잇츠 욕 타임, 리피트!

걱정을 해서
걱정이 없어지면
걱정이 없겠네

우리가 하는 걱정거리의
40%는 절대 일어나지 않을 사건,
30%는 이미 일어난 사건,
22%는 사소한 사건,
4%는 우리가 바꿀 수 없는 사건들이다.
즉, 96%의 걱정거리가 쓸데없는 것이고,
나머지 4%만이 우리가 대처할 수 있는 진짜 사건이다.
그럼에도 불구하고
대부분의 사람들은 어차피 해결할 수 없는 문제로
고민하고 시간을 허비한다.

_ 어니 젤린스키

매일 육만 가지 생각과 걱정을 하고 있지만,

하루가 지나면 어제 아침밥을 뭘 먹었는지도 기억 못 한다.

작년, 이즈음 때 걱정했던 것이 기억나시나요?

죽을 것 같은 걱정과 고뇌도

시간이 지나면 기억 안 나거나 별것 아니다.

코리덴붐은,

"걱정은 내일의 슬픔을 덜어 주는 것이 아니라

오늘의 힘을 앗아간다."라고 말했다.

티베트 속담 중에,

"걱정을 해서 걱정이 없어지면 걱정이 없겠네."라는

말이 있다.

걱정해 봤자 걱정이 없어지지 않는다.

걱정도 습관이다.

걱정은 오지도 않은 내일의 구름이

오늘의 해를 가리는 것이다.

걱정은 원하지 않는 결과를 이루어 달라고 기도하는 것과 마찬가지다.

이렇게 되면 어떻게 하지? 저렇게 되면 안 되는데?

걱정도 간절히 원하면 이루어진다.

그러니 걱정을 하지 말라.

하쿠나 마타타(Hakuna matata), 걱정 마. 다 잘 될 거야.

애니메이션『라이온 킹』에 나왔던 말이다.

미래 걱정은 하지 말라. 현재를 갉아 먹는 독이다.

미래 걱정은 연예인 걱정, 대기업 걱정보다

더 바보 같은 짓이다.

그때 일은 그때 걱정해도 충분하다.

하루에 육만 가지 생각을 할 수 있는 뇌인데

그 머리로 현재에 충실하면 미래에는 걱정할 일도 안 생긴다.

과거는 현재의 기억이고, 미래는 현재의 기대이다.

현재는 지금 이 순간이다.

과거의 기억으로 인해, 혹은 미래의 기대 때문에

현재를 놓쳐 버려서는 안 된다.

지금 이 순간을 알아차리고 현재를 살아야 한다.

걱정 해소법을 하나 소개하겠다.

일명 전지적 작가 시점 기법이다.

걱정, 문제점, 고통을 전지적 작가 시점으로 바라 봐라.

모든 것을 알고 있는 전지전능한 시점으로

상황을 제3자의 입장에서 바라 봐라.

걱정, 문제점, 고통에 대한

생각과 감정을 관찰하기 시작하면

고통과 고통의 감정을 구분할 수 있게 된다.

실제의 고통과 고통스럽다는 감정을 구분하라.

제3자의 입장에서 보면

걱정이 별것 아닌 것처럼 보이며,

서서히 사라지게 된다.

걱정을 해서 걱정이 없어지면 걱정이 없겠네.

하쿠나 마타타(Hakuna matata).

웃어라. 온 세상이 너와 함께 웃을 것이다.
울어라. 너 혼자 울 것이다.

_ 엘라 윌러 윌콕스

나는 생각한다.
고로 나는 머리가 아프다

나는 생각한다. 고로 나는 머리가 아프다.

너무 많은 생각을 하고

그 생각으로 삶이 고달프다.

생각의 살이 쪘고 생각 비만이 되었다.

생각하는 것을 그만 좀 쉬어라.

생각 다이어트를 해라.

불필요한 생각은 살을 빼듯 빼야 한다.

인간은 하루에 6만 가지의 생각을 하는데,

95%는 어제 했던 생각의 반복이고,

5%도 별반 다르지 않다고 한다.

생각하는 것이 아니라

생각 당하고 있는 건지도 모른다.

아무리 생각을 많이 해도

생각대로 되지 않는다.

『빨강머리 앤이 하는 말』에서 빨강머리 앤이 말하는 것처럼,

"생각대로 안 되니 생각지도 못한 일이 생긴다."

인생은 계획대로 안 되니

계획하지도 않은 일이 생기고,

생각대로 안 되니

생각지도 않은 일이 생기는 것이다.

또, 하루 평균 6만 가지의 생각 중

85%는 부정적인 생각이다.

한 가지 운동을 하면

한쪽 근육만 발달하듯이
부정적인 생각을 하면
부정적인 생각 근육만 발달한다.

6만 가지의 생각 중
부정적인 생각을 없애는 방법이 있다.
몰입과 글쓰기를 하면
생각의 수가 확실히 줄어든다.

머릿속에 하나의 생각만 있는 상태로
행복과 평화를 느낄 수 있다.
완전 몰입 상태로
전혀 다른 생각이 안 들어오게 하면 된다.

어제 했던 6만 가지의 생각 중 몇 개나 기억나세요?
한 달 동안 했던 1,800,000가지 생각 중
걱정 근심들은 어떻게 되었나요?
어떤 걱정인지 기억도 안 나는 것이 있을 것이다.
결국 괜한 걱정을 한 것이다.

나는 생각한다. 고로 나는 머리가 아프다.
쓸데없는 걱정으로 인생을 낭비하지 마라.

어떻게 하면 생각을 쉬게 하고 마음을 비울 수 있을까?
정답은 올라오는 그 생각들을 가만히 지켜보면 돼요.
지켜보는 순간, 생각은 쉬고 있습니다.

_ 혜민 스님

인생 로댕중
만 년만 기다려 주십시오.

타인은 놀랄 만큼 당신에게 관심 없다

타인은 깜짝 놀랄 만큼 그대에게 관심이 없다. 정말이다.

처음 간 미용실에서 이상하게 머리카락을 잘랐다.

어색하다.

그런데, 아무도 관심 없다.

안경을 바꿨다.

너무나도 어색하였는데 아무도 모른다.

심지어 마누라도 모른다.

꽃을 들고 가는 것이 어색해서 온통 신경 쓰이는데
아무도 관심 없다.
보더라도 꽃만 본다.
예뻐서 꽃만 보는 것이다.

와이셔츠에 김칫국물이 묻었을 때,
아무도 안 보는데 혼자서만 쪽팔려 한다.

타인은 깜짝 놀랄 만큼 그대에게 관심 없다.
아무도 관심 없으니 남의 시선을 의식하지 마라.
사람들은 남한테 관심 없다.
하루하루 자기 일하기 바쁘다.
그래서 님이 아닌 남이다.
"우리가 남이가? 그럼~ 남이지."

남의 시선과 평가를 의식하는 당신은
당신이 직접 지은 감옥에 갇혀 있는 것이다.
남의 시선과 평가에 초연해져라.

내 평가는 내가 하는 것이다.
남 눈치 보느라 눈치 백단 되지 마시라.

또 직장 동료들도 놀랄 만큼
그대가 일 때문에 바쁘고, 힘든 일을 하더라도
별 관심이 없다.
"나만 아니면 된다."라고 생각한다.
직장 동료의 눈치를 보지 말고
직장에서 착한 사람이 되려고도
노력하지 마라.
회사 사람들과의 인간관계를 너무 신경 쓰지 마라.
어차피 퇴사하면 안 본다.

그대가 놀랄 만큼 상대방에게 관심 없는 만큼
상대방도 그대에게 놀랄 만큼 관심이 없다.
surprise!
그대가 신경 써야 하는 것은
남의 시선이 아니라 그대 자신의 부정적 시선이다.

그래도 남의 시선이 신경 쓰인다면

아이 돈 케어 법칙을 적용해 봐라.

마음이 편해질 것이다.

〈I don't Care 법칙 (뭔 상관이야 법칙)〉

남의 시선이 의식되어 신경 쓰일 때 뭔 상관이야.

실수해서 부끄러울 때 뭔 상관이야.

타인의 무례한 행동이 신경 쓰일 때 뭔 상관이야.

타인이 날 욕할 때 뭔 상관이야.

"왜 그렇게 사니?" 하고 말할 때 뭔 상관이야.

날 지적질할 때 뭔 상관이야.

타인이 날 이상하게 생각하지 않을까라는 생각이 들 때

뭔 상관이야.

잘 아는 사람이 아는 척 안 할 때 뭔 상관이야.

배 나온 것이 걱정이면 뭔 상관이야.

얼굴 붉어진 게 걱정이면 뭔 상관이야.

다른 사람이 꼴불견이라도 뭔 상관이야.

신경 쓰지 마세요.

아이 돈 케어 에에에~ 🎵

I don't care e e e e e~ 🎵

다른 사람이 퇴사하더라도 동요되지 말고 뭔 상관이야.

내가 바보처럼 느껴질 때도 뭔 상관이야.

남 눈치 보일 때도 뭔 상관이야.

상대방이 화나게 할 때도 뭔 상관이야.

사촌이 땅을 샀을 때도 뭔 상관이야.

친구가 100대 1의 경쟁률을 뚫고 로또 아파트를 분양 받아도 뭔 상관이야.

직장 동료가 로또 당첨되어서 퇴사해도 뭔 상관이야.

남의 시선을 신경 써서 살림살이 나아졌습니까?

아니라면 이제 신경 끄시라.

다시 한 번 말하지만,

타인은 놀랄 만큼 당신에게 관심 없다.

타인의 시선을 신경 쓰면, 사람들은 그대와 멀어질 것이다.

사랑 받기 위해 과도한 아부를 하거나 줏대 없이 행동하면,

오히려 타인에게 미움을 받는다.

남을 신경 쓰지 않고
주관 있는 사람이 되면
그대는 진정으로 사랑을 받을 것이다.

남의 시선을 의식하는 이유는

지금 그대가 남의 시선을 의식하는 것보다

더 중요한 일이 없다는 것이다.

남 평가에 신경 쓰지 마라.

사람의 생각은 바뀐다.

오늘 나를 싫어해도 나중엔 좋아할 지도 모른다.

요컨대 남 평가는 중요치 않다.

모든 사람에게 착한 사람이 될 필요는 없다.

다른 사람들이 무슨 생각을 하는지 신경 쓰면
당신은 늘 죄수가 될 것이다.

_ 노자

타인은 놀랄 만큼 당신에게 관심 없다.

인생은 숙고의 시간보다
찰나의 선택이 많다

인생은 B와 D 사이의 C이다.

_ 장 폴 사르트르

인생은 삶(Birth)과 죽음(Death) 사이의 선택(Choice)이다.

아침에 일어나자마자 5분만 더 잘까? 지금 일어날까?

선택해야 하고,

이 옷을 입을까? 저 옷을 입을까?

선택해야 하며,

소주를 마실까? 맥주를 마실까? 소맥을 말까?

수많은 선택을 해야 한다.

잘못된 선택으로 인생이 엉망이 되기도 하고

괴로움으로 인해 술독에 빠지기도 한다.

매번 선택을 하고 또 후회를 한다.

인생에서 가장 많이 하는 선택 고민 중 하나는

"좋아하는 일과 해야 하는 일 중 어떤 것을 선택해야 하나요?"

일 것이다.

그 답은, "해야 하는 일부터 해라."이다.

주 52시간을 일하더라도, 주 116시간이 남는다.

잠자는 시간 빼고도 충분히 좋아하는 일을 할 수 있다.

밥벌이가 먼저이고 삶이 우선이다.

좋아하는 일이 밥벌이가 되면

그때 좋아하는 일만 하면 된다.

그리고 좋아하는 일이 있다는 것 자체가 기쁜 일이다.

좋아하는 일이 없는 사람도 많다.

이것도 저것도 안 된다고 하면

좋아하는 일을 하는 게 아니라,

해야 할 일을 좋아하고 즐기면 된다.

그대의 삶은 한 순간에 이루어진 것이 아니다.

과거의 수많은 선택의 결과물이다.

무언가를 선택한다는 것은 무언가를 포기한다는 것이다.

삶은 선택의 연속이다.

지속적인 습관 · 행동 및 수많은 선택의 결과물이다.

중독은 하루아침에 오지 않는다.

술 담배의 노예가 된 것도

그대가 반복해서 찾아 헤맸고 계속해서 선택하였기 때문이다.

그래! 결심했어.

일밤 이휘재의 인생극장에서도

어떤 선택을 해도 장단점이 있고 후회가 있다.

그래 결심했어. 이휘재의 인생극장처럼

A 인생의 결과와 B 인생의 결과를

두 번 다 경험할 수 없을지라도,

우리는 그 선택에 후회하지 않을 수 있다.

플라톤의 말처럼,

"큰길이 되지 못하면 작은 오솔길이 되고,

태양이 되지 못하면 작은 별이 되면 그만이다.

성공과 실패의 척도는 얼마나 나답게 했느냐에 달려 있다."

되돌릴 수 없는 우리의 선택에 후회하지 말고

나답게 살자.

우리는 오늘도 양 갈래길 앞에서 어디로 갈까 고민한다.

어디든 상관없다.

그대답게, 나답게 선택하면 그만이다.

소주? 맥주? 소맥?
소맥 결정!
카스처럼? 구름처럼? 테슬라? 테진아?

How to live?

어떻게 살 것인가?

국민 숙제이고, 인생 최대 고민이다.

어떤 삶도 괜찮다고 하는데, 처음부터 대충 살면 되는 것인지?

어떻게 살 것인가의 정의를

철학자도 교수도 명확히 알려 주지 않고

그나마 내려진 정의는 나와 맞지 않는 것 같다.

그런데 "어떻게 살 것인가?"의 고민은

"어떻게 죽을 것인가"라는 고민과 맞물려 있다.

스티브 잡스가 했던 스탠퍼드 대학 졸업식 축사의 내용이다.

"17살 때, 이런 문구를 읽은 적이 있습니다.

하루하루를 인생의 마지막 날처럼 산다면

언젠가는 바른 길에 서 있을 것이다.

이 글에 감명 받은 저는 그 후

50살이 되도록 거울을 보면서 자신에게 묻곤 했습니다.

오늘이 내 인생의 마지막 날이라면

지금 하려고 하는 일을 할 것인가?

'아니오!'라는 답이 계속 나온다면

다른 것을 해야 한다는 걸 깨달았습니다.

인생의 중요한 순간마다

'곧 죽을지도 모른다.'는 사실을 명심하는 것이

저에게는 가장 중요한 도구가 됩니다.

왜냐구요?

외부의 기대, 각종 자부심과 자만심,

수치스러움과 실패에 대한 두려움들은

'죽음' 앞에서는 모두 밑으로 가라앉고

오직 진실만이 남기 때문입니다.

죽음을 생각하는 것은

무엇을 잃을지도 모른다는 두려움에서 벗어나는

최고의 길입니다.

여러분들이 지금 모두 잃어버린 상태라면,

더 이상 잃을 것도 없기에 본능에 충실할 수밖에 없습니다.

잃을 것이 없으니 가질 것만 남은 것입니다."

많은 사람들이 바다 가까이 살아도 바다 볼 시간이 없다고 한다.

반면 죽음을 앞둔 사람들은 한 번만 더 별을 보고 싶다고 하고

바다를 보고 싶다고 말한다고 한다.

죽기 전에 시간이 없다는 핑계로 미루었던 일들을 하지 못해

후회하는 경우가 많다.

그러하니,

삶의 마지막 순간이었을 때 간절히 원하게 될 것을

바로 지금 당장 하라!

『백년을 살아보니』의 저자 김형석 교수는

가장 행복했던 나이를 75~76세라고 한다.

가장 행복했던 때는 다른 사람을 위해서 고생한 때라고 한다.

80~90세까지 공부하며 성장한 때도 행복했다고 한다.

"왜 그렇게까지 사느냐?"라는 질문에

그건 생존의 의미라고 답했다.

살아가는 게 아니라 살아지는 것이 인생이라는데

백년의 관록이란 감히 논할 수도 범접할 수도 없는 경지이다.

짧은 인생이라는 유튜브에 30초짜리 영상이 있다.

태어나서 죽을 때까지 쏜살같이 지나쳐 가는 인생을

30초 영상으로 표현한 것이다.

태어나서 결혼을 하고 회사를 다니고 퇴직 후 늙어서 죽는다.

인생은 짧고 사계절은 더 짧다.

짧은 인생, 그대는 어떻게 살 것인가?

삶의 마지막 순간 간절히 원하게 될 것을
바로 지금 당장 하라!
Right Now!

·제 4 장·

결핍, 습관, 마음

슈퍼맨도 약점이 있고, 배트맨도 트라우마가 있다

인간은 태생적으로 누구에게나 약점이 있고

우리는 살면서 약점 잡히는 일도 종종 있다.

완벽하게 보이는 사람도 누구나 약점이 있다.

불사신이라도 무적이라도 약점이 있다.

그리고 왕따, 괴롭힘, 아동 학대, 학교 폭력, 언어 폭력, 성폭력

등으로 인해 트라우마가 있을 수 있다.

아들러는 트라우마 존재 자체를 인정하지 않지만,

사람마다 강도의 차이가 있지만

정말 감추고 싶은 흑역사,

너무 수치스러워 아침에 일어나 이불킥 날리고

잊고 싶지만 잊히지 않는 기억이 존재한다.

의리의 사나이 김보성은 어린 시절 닭에 놀란 기억으로

치킨을 싫어 하고,

쟈나 쟈나 김준호는 교통사고가 3번 나서

운전면허가 있어도 운전을 하지 않고,

좋아! 가는 거야 노홍철은 어릴 적 수산 시장에서

손질한 생선머리와 눈을 마주쳐서 생선을 못 먹는다고 한다.

우리는 신도 아니고

예수님도 아니며 부처님도 아니다.

우리는 인간님이시다.

인간은 누구나 결핍과 약점이 있다.

슈퍼맨도 약점이 있고, 배트맨도 트라우마가 있다.

자신의 약점과 결핍에 너무 집착하지 마라.

영웅도 한계가 있다.

슈퍼맨도 무적이 아니다.

슈퍼맨은 크립토나이트(방사능)에 약하고,

배트맨은 범죄자 총에 맞은 부모님이라는 트라우마가 있다.

약점과 트라우마가 있어도 슈퍼 영웅이 될 수 있다.

또, 모든 것에 성숙하고 지혜롭게 대처하지는 못한다.

우리는 성인군자가 아니니

어른이 되어도 힘들어 하는 것은 당연한 것이다.

모든 것에 성숙하지 않다.

우리는 인간이니까.

말 못하고, 볼 수 없고, 듣지 못하고, 걷지 못하는 장애우도 있다.

그럼에도 불구하고, 그들은 행복한 사람도 많고

위대한 삶을 사는 이도 많다.

말 좀 못해도 괜찮다. 잘 못해도 말할 수 있음에 감사하라.

개그우먼 박나래의 인생 가치관이 인상 깊다.

"또 다른 나"

또 다른 내가 되자.

저는 사실 굉장히 망가지는 것에 대해 두려움이 없고

어떻게 보면 약간 좀 변태 끼가 있어서

남들이 나를 까는 걸 너무 좋아해요.

그런데 그런 얘기를 많이 해요.

남들이 나를 낮게 얘기하고 까는 얘기를 하면

자존감이 낮아지지 않냐고.

근데 저는 그런 생각을 하거든요.

개그우먼인 박나래가 있고, 여자 박나래가 있고,

디제잉을 하는 박나래가 있고, 술 취한 박나래가 있고.

그렇기 때문에 저는 개그맨으로서 이 무대 위에서

남들에게 웃음거리가 되고 까이는 거에 대해서

전혀 신경 쓰지 않습니다.

왜냐면 그것에 대해서 조금 이해가 안 되더라도

오케이 괜찮아. 난 술 먹는 박나래가 있으니까.

또 아니면,

괜찮아. 디제잉을 하는 박나래가 있으니까.

난 이렇게 사니까 너무 편하더라고요.

사람은 누구나 실패할 수가 있잖아요.

그 실패가 인생의 실패처럼 느껴질 수가 있어요.

하지만 여러분 인생에 있어서

여러분은 한 사람이 아닌 거예요.

공부하는 누군가가 될 수도 있고

연애하는 누군가가 될 수도 있고

정말 다른 일을 하는 내가 될 수도 있고….

우리는 '여러 가지의 나'가 될 수 있는

가능성이 있는 사람이거든요.

그걸 인지하고 있으면

하나가 실패하더라도 괜찮아요.

또 다른 내가 되면 되니까.

미래의 빛날 나를 찾아서

지금의 나가 망가지면 꺼내서 대체하면 된다.

하나가 실패하더라도 괜찮다.

또 다른 내가 되면 되니까.

약점으로 인하여 실패하였을 때나 망가졌을 경우에
자존감을 지키는 방법이다.
또 다른 내가 있으니 하나의 내가 실패해도
뭘 상관이야.
내 안의 또 다른 나를 꺼내면 된다.
직장에서 까여서 우울한 내가 있다면
또 다른 나를 찾아 꺼내면 된다.
맥주 마시고 살짝 취해서 노래하는 나,
독서하면서 평온한 나, 사랑에 빠져 즐거운 나,
또 다른 나를 찾아라.
배스킨라빈스 써리원처럼 골라 먹는 재미로
또 다른 나를 찾아 꺼내라.

다시 한 번 말하지만,
슈퍼맨도 약점이 있고 배트맨도 트라우마가 있다.
그럼에도 불구하고 그들은 슈퍼 영웅이다.

하나의 내가 실패해도 괜찮다.
또 다른 나를 찾아 꺼내면 되니까.

결핍과 열등감을 통해 성장하는 삶

고백컨대, 내 인생의 가장 큰 밑천은 열등과 빈곤이었다.

_ 이외수

우리들은 자신이 열등하다고 생각한다.

그래서 결핍을 숨기려 하고,

그 열등과 결핍으로 부끄러워하며 힘들어 한다.

난 왜 이렇게 생겼을까?

난 왜 이렇게 키가 작아?

난 왜 이렇게 태어난 걸까?

난 왜 이렇게 모자란 걸까?

난 왜 이렇게 병을 가지고 태어났지?

이렇게 한탄을 하면서 자신을 학대하고 인생을 허비한다.

소크라테스의 부인은 악처였고

링컨은 추남이었으며,

셰익스피어는 14살에 학업을 중단했고

장영실은 어머니가 기생이었으며,

나폴레옹은 난쟁이처럼 작았고

스티븐 호킹은 루게릭병에 걸렸으며,

헬렌 켈러는 3중 장애인이었다.

그럼에도 불구하고 그들은 위대하였다.

우리의 삶은 배우고 채우며 완성해 나가는 과정이다.

상처와 결핍 없는 삶은 없고

열등감 없는 삶은 없다.

나는 이 세상에서 가장 소중한 사람이다.

나의 결핍도 사랑하라.
있는 그대로의 나를 사랑하라.

열등감, 중압감을 에너지 음료라고 생각해라.
결핍이 있기에 성장하고
한계가 있으니 변화가 있는 것이다.

결핍과 열등감을 가진 그대여!
그럼에도 불구하고 그대는 위대해질 수 있다.

열등감을 에너지 음료라고 생각해라.
결핍이 있기에 성장하고
한계가 있으니 변화가 있는 것이다.

불안을 이기는 방법
– 나를 크게 만들어라.
아수라 발발타(AsuRa BalBalTa)

용감해지려면 용감한 것처럼 행동하면 된다.

_ 아리스토텔레스

면접을 보기 전,

상사를 만나기 전,

중요한 시험을 치기 전,

임원과의 회의를 하기 전,

발표하기 전 등

중요한 일을 하기 전에 불안을 느낄 때가 있다.

사람은 뇌뿐만 아니라 몸으로도 생각한다고 한다.

조던 피터슨의 『12가지 인생의 법칙』 중에

불안을 이기는 쉬운 방법이 있다.

제1법칙은 "어깨를 펴고 똑바로 서라."이다.

바닷가재와 인간은 서열 구조가 낮으면

자신감이 떨어지고 우울하고 삶의 의욕이 없어진다.

삶의 의욕을 되찾기 위해서는
허리를 세우고 가슴을 펴야 한다.

뇌와 몸과 사회는 상호작용을 하기 때문에

어깨를 펴고 똑바로 서는 것만 해도 삶을 바꿀 수 있다고 한다.

패배나 실패를 경험한 인간은

서열 싸움에서 진 바닷가재와 비슷하게 행동한다.

어깨가 처지고 고개를 숙인 채 걷는다.

허리를 쭉 펴고, 가슴을 펴고, 정면을 보고 걸어라.

좀 건방지고 위험한 인물로 보여도 괜찮다.

그러면 두려움도 사라질 것이다.

이것이 3억 5천만 년을 생존한 바닷가재의 비밀인지도 모른다.

세계적인 사회심리학자 에이디 커디는
마음이 몸을 바꾸듯 몸도 마음을 바꾼다고 주장한다.
책『프레즌스』에서 성공을 부르는 10가지 신체 습관을
소개하고 있다.

성공을 부르는 10가지 신체 습관!

1. 허리에 손을 얹고 당당하게 서 봐!
2. 양손으로 몸을 감싸 안는 건 금물!
3. 아무도 없을 때 책상에 다리를 올려 봐!
4. 어깨를 웅크린 채 다리 모으고 앉는 건 금물!
5. 양손으로 책상을 짚고 허리를 쫙 펴 봐!
6. 한 손은 팔을 한 손은 뒷목을 만지는 건 금물!
7. 의자에 앉아 팔을 옆 자리에 올려 봐!
8. 두 팔을 책상에 얹고 의자 끝에 앉는 건 금물!
9. 한쪽 다리를 올리고 앉아 손을 머리 뒤로 해 봐!
10. 팔짱 낀 채 구부정하게 앉는 건 금물!

그리고 그는 TED 강연에서

중요한 일이 있을 때

자신감 있는 포즈를 2분간 취하는 것만으로도

체내의 스트레스 호르몬[1]이 줄어들고,

실제로 자신감도 향상되어 긍정적인 결과를 가져온다고 하였다.

신체 언어가 우리의 모습을 만든다는 것이다.

몸이 마음을 지배할 수 있다.

마음이 두뇌를 속일 수 있다.

어릴 적 전쟁 오락을 했을 때

뇌는 실제 전쟁인 것처럼 긴박하게 흥분하는 것처럼 말이다.

몸의 방향을 정신이 따라가고 싶어 한다.

사람은 신체 상태와 자기의 생각을

균일하게 유지하려는 경향이 있어서,

자세를 몇 분 동안 취함으로써 그 다음의 행동이 바뀌게 된다.

나를 크게 만들어라.

---

1 코르티솔: 다양한 스트레스(긴장, 공포, 고통, 감염 등)에 반응하여 분비되는 부신피질 호르몬의 일종

입을 꽉 다물고 승리의 브이와 넘버원을 날려라.

감각은 생각을 좌우한다.

중요한 일에 앞서 불안할 때

중압감, 그건 나의 에너지 음료라고 생각해라.

어깨를 펴고 당당한 자세로

분위기 살리고,

눈빛은 칼날같이 살리고,

주먹을 불끈 쥐고,

나를 크게 만들어라.

아수라 발발타(AsuRa BalBalTa)

헐크가 되어라.

붙임

남의 눈치도 되게 많이 보고 성격도 맹숭맹숭했어요.

항상 주눅 들어 있고, 남의 눈치를 많이 봤었죠.

그야말로 평범하게 살다가 개그우먼이 된 거예요.

이런 제가 방송생활을 10년째 하면서

혼자 거는 주문이 있어요.

왜냐면 지금처럼 이렇게 저 혼자 많은 분들을 상대해야 될 때

어떠한 기가 필요하거든요.

근데 저는 그만한 기가 없어서 지레 겁을 먹어요.

그래서 힘을 낼 수 있는 주문을 걸어요.

"다 좆밥이다." 그렇게 생각을 하는 거죠.

사실 관객 분들이 많은 걸 보고

"저 많은 사람들 앞에 어떻게 나가지? 이거 큰일 났다."

오자마자 겁을 먹었는데, 저만의 마인드 컨트롤을 했죠.

죄송하지만, 마인드 컨트롤을 하느라

여러분들이 다 좆밥으로 보여요. 하하하!

너무 남의 시선을 신경 안 썼으면 좋겠어요.

자신만의 보폭으로 걷자고 말씀드리고 싶어요.

우리는 많은 비교를 하고, 꼭 잘된 사람만 눈에 보이잖아요.

그런데 항시 나만의 보폭과 온도가 있다고 생각해요.

너무 팔팔 끓어야만 좋은 건 아니잖아요.

저는 10년째 방송일을 하고 있지만 유행어가 하나도 없어요.

내로라하게 인기가 높아 본 적도 없고,

방송에도 뜨문뜨문 나오니까.

그런데 나름대로 장점이 생겨요.

따지고 보면 시청자 분들에게 식상하지 않은 거죠.

늘 새롭게 봐 주시죠.

그래서 10년째 이렇게 신인의 마음으로 일을 하고 있습니다.

"주위 사람들이 나만 빼고 다 잘되는 것 같아. 부러워.

나만 멈춰 있나? 나만 정체되고 있나?"라는 생각이 들 때,

제가 거는 주문을 여러분도 걸었으면 좋겠어요.

이 주문으로 마인드 컨트롤 하시면서

남의 시선을 신경 쓰지 말고,

나를 나로서 사랑해 주고 집중해 주세요.

감사합니다.

_ 개그우먼 장도연

중요한 일에 앞서 불안할 때
나를 크게 만들어라.
아수라 발발타(AsuRa BalBalTa)
헐크가 되어라.

우리가 돈이 없지, 가오가 없나?

변화하라,
하지만 변함없는 그대이기를

『5년 후 나에게』라는 책이 있다.

5년 동안 질문에 대한 답을 적는 것이다.

질문은 "최근 영화를 언제 보았는가?

가장 좋아하는 색깔은?

오늘 후회하는 것은?"

특별한 질문이 아닌 이런 일상적인 질문이다.

매일 이 책에 답을 쓰면 변한다고 했다.

그러나, 현재 4년째 쓰고 있는데 1도 변화가 없었다.

왜 변화가 없는 것인지 의구심이 들었다.

무엇이 잘못된 것일까?

너무 이상해서 책의 앞뒤를 구석구석 찾아보니

책 앞쪽에 작은 글자로 이런 글귀가 적혀 있었다.

"시간이 지나면 자연히 변한다고들 하지만,

자기 스스로 바꾸지 않으면 아무것도 변하지 않는다."

_ 앤디 워홀(Andy Warhol)

이것을 깨닫기 위해 4년에 가까운 시간이 걸렸다.

처음에도 분명 읽었는데

마음에 와 닿지 않아서 잊고 있었던 것이었다.

4년의 세월 동안 몸소 체득한 후에야

이 글이 마음 깊숙이 와닿았다.

아무것도 하지 않으면 아무일도 일어나지 않는 것이다.

작은 변화라도 스스로 노력해야 한다.

외국의 한 장님이 "나는 장님입니다. 도와주세요."라는

종이 박스판에 돈을 구걸하고 있었다.

아무도 돈을 주지 않았다.

그때 선글라스를 쓴 여성이 와서

종이 박스판 뒷면에 매직펜으로 다른 글귀를 썼다.

그 이후 돈이 많이 모였다.

이에 장님은 무슨 글을 쓴 거냐고 물었다.

선글라스를 쓴 여성은 뜻은 같지만

다른 글을 썼다고 했다.

그 글은

"아름다운 날입니다. 그리고 난 그걸 볼 수 없습니다."이다.

당신의 말을 바꾸세요.

세상을 변화시키세요.

Change your words.

Change your world.

이렇게 작은 변화가 다른 결과를 낳는다.

프리드리히 니체가 말한 것처럼,

"은연중에 스스로를 마치 단단한 돌처럼

형태가 굳은 존재로 여기고 있지는 않는가?

나이가 몇 살이든 사람은 무한히 변할 수 있다.

그릇을 빚듯이 자신이 꿈꾸는 모습 그대로

스스로를 빚어 나갈 수 있다."

나이가 들어도 무한히 변화할 수 있고

그대가 빚는 대로 그대는 변화할 수 있는 것이다.

하지만 그대여!

변화하더라도 변함없는 그대이기를!

아무것도 하지 않으면 아무 일도 일어나지 않는다.
하지만 작은 변화도 다른 결과를 가져올 수 있다.

1초 습관, 1조 습관

당신은 당신이 반복한 행동의 결과다.
그러므로 탁월함은 습관에 달려 있다.

_ 아리스토텔레스

1초 습관과 1초가 모여 성공할 수 있는 성공을 경험하라.

자존감과 자신감이 동시에 상승할 것이다.

예컨대, 오늘부터 1시간 동안 헬스를 하자라는 목표보다

1초만 어떤 운동이라도 하자라는 목표를 설정한 후 실행하라.

1초 실행의 힘으로 큰 성공을 경험할 것이다.

아주 작은 성공을 계속 성취하라.
성공에 대한 자신감이 생길 것이다.
현대그룹 창립자인 정주영도
작은 성공 경험치로 큰 성취를 이루었다.

1초 가지고 되겠냐고 할 수도 있다.
그럼 1초의 힘을 보여 드리겠다.
TV 다큐에서 본 내용이다.

〈1초 동안 일어나는 일〉

꿀벌은 200번의 날갯짓
비가 대지를 적시는 양 420ton
지구는 태양으로부터 486억Kw의 에너지를 받고
우주에서는 75개의 별이 사라진다.
자연의 1초는 굉장히 놀랍죠.

그러나, 여러분이 만들 수 있는 1초는 더 놀랍습니다.
첫눈에 반해 누군가를 사랑할 수 있는 시간도 1초,

깜박해서 평생의 기회를 놓칠 수 있는 시간도 1초,

나의 새로운 점을 깨달을 수 있는 시간도 1초,

그리고 바로 지금 이 순간의 1초, 준비되셨나요?

1초 사이에 금은동이 결정 날 수 있고

성공과 실패가 판가름 날 수 있다.

1초 사이에 설날 KTX 표를 매표하냐 마냐가 결정된다.

그러면 1분 동안 일어나는 일은 이러하다.

〈인터넷에서 1분 동안 일어나는 일〉

비주얼 캐피털리스트의 자료에 따르면,

1분간 페이스북에 100만 번의 로그인이 일어납니다.

유튜브에선 450만 개의 동영상이 플레이 되고 있고

데이팅앱 틴더에선 140만 번의 스와이프가 일어납니다.

왓츠앱 및 페이스북에선 4,260만 개의 메시지가 전송되고요.

인스타그램에선 46,200개의 새 사진이 올라가고

구글에선 380만 번 검색이 이뤄지고 있으며,

1억 8,800만 통의 이메일이 전송됩니다.

넷플릭스에선 694,444시간 분의 영상이

보내지고 있군요.

[출처: 2019년, 인터넷에서 1분 동안 일어나는 일]

천성을 이기는 것은 습관이다.

습관은 시간이 아니라 횟수이다.

습관을 들이려면 쉬워야 하고 자주 해야 한다.

1초 습관을 들여라.

1초가 1분이 되고 5분이 되며,

습관이 된 이후에 시간은 자동적으로 늘어날 것이다.

반복 행위를 하려면

쉽고 짧고 간단해야 자주 할 수 있다.

시간은 되도록 짧게 하고 반복 횟수를 늘려라.

짧게 자주 많이 하는 것이 효과적이다.

아주 조금씩 짧게 반복해서 습관이 되면 오토매틱이 되고,

그 시간이 더해지면 크루즈 기능이 될 것이다.

몸이 열 개라도 부족하다면서 정작 시간을 낭비하는 이들이 있다.

뜻밖의 1분을 헛되이 보내지 않기 위해

좋은 습관을 들여라.

존 드라이든이 말한 것처럼

처음에는 우리가 습관을 만들지만

그 다음에는 습관이 우리를 만든다.

큰 산을 태우는 것이 작은 불씨이듯이

작은 습관 하나가 그대를 크게 변화시킬 것이다.

1초 습관이 1조 습관으로 될 것이다.

1초 습관, 1조 습관

뜻밖의 1분을 헛되이 보내지 않기 위해
좋은 습관을 들여라.

if then 습관 법칙
(원 플러스 원)

習관이란 인간으로 하여금 어떤 일이든지 하게 만든다.

_ 도스토옙스키

우리가 매일 밥을 먹고 매일 양치질을 하는 것처럼

습관을 들이기 위해서는 매일매일 하는 것이 중요하다.

습관 들이기에 좋은 법칙을 소개하겠다.

〈if then 습관 법칙 (일명, 원 플러스 원 법칙)〉

if then 습관 법칙은

집에 들어오면 책을 본다.

밥을 먹고 나면 산책을 한다.

잠자기 전에 감사 일기를 쓴다.

매일 하는 행동을 하면(if)

그때 좋은 습관을 해라(then).

원 플러스 원으로 하여 잊지 말고 습관을 들이는 방법이다.

목표 수립을 할 때도

너무 쉬워 성공하지 않을 수 없는

목표를 정하라.(Very easy goal.)

달성하기 쉬운 목표를 설정하여

성공 경험을 축적하라는 것이다.

작은 성공 경험의 축적이 큰 성공의 밑거름이 될 것이다.

너무나 사소하고 쉬워서 실패할 수 없는 목표로

작은 성공 경험을 반복하라.

아주 작은 성공 경험의 축적이 자신감 향상에 직결된다.

좋은 습관을 빨리 익히고 지속적으로 하고 싶다면

하루 세 번씩 반복해라.

밥 세끼, 양치질 세 번과 같이

삼세번의 위력으로 좋은 습관을 들여라.

또한, 특정 시간이 되면 무조건 해야 하는 신데렐라 법칙도 있다.

12시가 되면 돌아가야 하는 신데렐라처럼

특정 시간대에 무조건 해야 하는 습관 규칙을 정해라.

예컨대, 7시에 팔 굽혀 펴기, 19시에 독서하기와 같이

신데렐라처럼 구두를 잃어버릴지라도

특정 시간대에 무조건 해야 하는 규칙을 정해라.

처음이 중요하듯 하루를 시작하는 좋은 아침 습관도 만들어라.

습관이 태도가 되고 태도가 습관이 되기도 한다.

소풍날 아침처럼 설레는 삶과 일어나기조차도 싫은 삶,

매일 아침마다 너무나도 감사한 삶과 죽지 못해서 산다는 삶,

그 격차는 그대 인생에 그대로 보여질 것이다.

긍정적인 말을 습관적으로 하는 사람은

부정적인 말을 습관적으로 하는 사람보다

밝고 활력적이어서 성공하는 자, 승리자가 되는 것이다.

괴로움도 습관이고

부정적 사고도 긍정적 사고도 마음의 습관이다.

아주 작은 일도 지속적으로 매사에 긍정적으로 사고를 하라.

습관을 들이는 데 시간이 21일 걸린다는 연구 결과도 있고,

66일이 걸린다는 연구 결과도 있다.

중요한 것은

습관이란 시간이 아니라 횟수에 기반하여 형성된다는 것이다.

습관을 이틀 이상 쉬지 마라.

어렵게 들인 습관이 말짱 도루묵이 된다.

처음부터 다시 시작해야 될지 모른다는 말이다.

습관은 자동화 시스템이다.

노력하지 않아도 자동적으로 어떤 행위를 한다.

잘만 길들여 놓으면 인생 최고의 무기가 될 수 있다.

양치질 하면(if)
책을 본다(then).
양치질 안 하면 얘기가 달라진다.

매일매일 마음 창을 닦아라
(마음 가꾸기)

인디언 할아버지가 어린 손자를 앉혀 놓고 말했다.

"우리 마음에는 늘 싸우는 두 마리 늑대가 있단다.

하나는 화, 질투, 이기심, 탐욕, 후회이고

다른 하나는 기쁨, 평안, 사랑, 친절, 믿음이란다."

"할아버지, 결국 어떤 늑대가 이기나요?"

"네가 먹이를 주는 놈이 이기지."

우리는 때론 자존감이 바닥을 치다 못해 지하까지 떨어져 버리고

마음은 살짝 건들기만 해도 포카칩처럼 깨져 버린다.

앞서 밝힌 바와 같이,

하루 평균 6만 가지의 생각 중에 85%는 부정적인 생각이다.

우리의 마음 창에는 매일매일 뿌연 생각이 생긴다.

뿌옇게 된 마음의 창을 매일매일 닦아야 한다.

마음 창을 닦지 않으면 작은 일에도 괴로움이 따른다.

매일매일 마음을 닦아서 마음결이 고와져야 한다.

누구를 위해서가 아닌 나를 위해서이다.

상대방에게 좋은 마음을 가지면 내가 좋아진다.

상대방에게 나쁜 마음을 가지면 내가 나빠진다.

만일 상한 감자를 선물 받았다면 먹지 않고 버릴 것이다.

그런데 상한 감정을 받으면

왜 계속 꺼내 보고 열어 보고 생각하고 맛보는가?

당장 감정 쓰레기통에 버리고 생각하지 마라.

개소리에 반응하는 건 개뿐이다.

다른 사람이 개소리를 한다면 반응하지 마라.

반응을 하면 당신도 개가 될 뿐이다.

때론 자존감이 바닥을 치다 못해 지하까지 떨어져 버리고
마음은 살짝 건들기만 해도 포카칩처럼 깨져 버린다.

감자 멘탈 순위(두께순): ①프링글스〉②수미칩〉③포테이토칩〉④포카칩

똥을 계속 가지고 있으면 내 손만 더러워진다.
빨리 던져 버리고 손을 씻어라!

상처를 받을 것인지? 말 것인지?
상처를 키울 것인지? 말 것인지?
상처를 잊을 것인지? 말 것인지?
내가 결정한다.

날 괴롭히고 힘들게 하는 사람이 있다면
"마음 공부를 하게 해 주셔서 감사합니다."라고 생각해라.
날 괴롭히거나 힘들게 하는 사람까지 좋아하면
내가 행복해지고 내 마음이 평온해진다.
오직 나를 위해서이다.

우리는 마음에 무심하다.
몸 건강을 위해서는 좋은 음식과 영양제를 먹지만,
마음 건강을 위해서는 어떤 것도 하지 않는다.
외모는 가꾸지만 마음을 가꾸지는 않는다.

마음에 좋은 책, 글, 명상,

마음 보기, 마음 비우기, 알아차리기 등을 통해

몸 운동하듯 마음 운동도 해야 한다.

신체가 운동을 하면 강해지는 것처럼

마음도 트레이닝 하면 강해진다.

건강을 위하여 운동하듯이 마음을 위하여 트레이닝을 하라.

1년 동안 근육을 만들어도 2주 쉬면 지방이 된다.

우리 마음도 똑같다.

매일매일 단련해야 한다.

몸 근육보다 마음 근육이 빵빵해져라.

**마음 단련을 통해 한 차원 높은 의식 수준을 가진다면
삶이 달라질 것이다.**

눈을 감고 마음속 잔잔한 즐거움을 상상하세요.

입가에 작은 미소가 피어날 것입니다.

내 마음이 고요하면 온 세상이 고요해집니다.

그대의 마음결이 비단처럼 곱기를 바랍니다.

마음의 상처,
살짝 긁힌 거예요.
콤파운드로 밀면 돼요

마음을 다스려라. 그렇지 않으면 너를 다스릴 것이다.

_「오라스」중에서

세상은 마음의 거울이다.

그대가 미소 지으면 세상도 미소 지을 것이고

그대가 슬퍼하면 세상도 슬퍼질 것이다.

그대가 인상 쓰면 세상도 인상 쓸 것이다.

세상을 아름답게 보면 내가 좋다.

널 사랑해라고 하면 내가 좋다.

네가 좋다고 하면 내가 좋다.

남의 좋은 면을 보면 내가 좋아진다.

나쁜 면을 보면 내가 나빠진다.

마음의 순면 티를 매일 세탁하고 백퍼 순면 티를 입어라.

미움은 사랑하기 때문에 생기는 것이 아니라

사랑받길 원하기 때문에 생긴다.

사랑을 받으려고 하지 말고

사랑을 하면 미움은 없어진다.

인생을 다친 흉터로 볼 것인지

아름다운 무늬로 볼 것인지는

마음의 태도에 따라 달라진다.

어떤 마음인지를 알아보려고 할 때,

말을 보면 쉽게 알 수 있다.

말은 마음에서 나온다.

욕하는 사람은 마음에 분노가 가득하고

부정적으로 말하는 사람은 마음에 부정이 가득하며,

급하게 말하는 사람은 마음이 급하다.

화내는 사람은 마음에 화가 가득하고

차분하게 말하는 사람은 마음이 차분하고

웃으며 말하는 사람은 마음에 좋은 일이 가득하며,

긍정적으로 말하는 사람은 마음이 긍정적이다.

마음이 괴로우면 5분간 책을 읽고 5분간 명상하라.

5분간 괴로움을 글로 쓰거나 산책이나 운동도 해 봐라.

그래도 안 되면 잠을 자라.

자고 일어나면 마음의 괴로움이 확실히 감소된다.

정신이 힘들면 몸을 힘들게 하거나 몸을 푹 쉬게 하라.

한결 좋아질 것이다.

기분이 우울할 때

화사한 햇볕도 쬐고 풀 내음 나는 공기도 마시고

하늘색 하늘도 보고 파란색 바다도 보고

산에 가서 초록색 나뭇잎도 보고

양 볼에 스치는 산산한 바람도 느껴 봐라.

자연의 색이 그대의 우울한 마음색도 변화시킬 것이다.

물론 만성결핍인 비타민D도 충만해질 것이다.

어릴 적 우리 동네에 바보 형이 있었다.

이래도 흥! 저래도 흥!

지금 생각해 보니 그 형은 바보가 아니었다.

마음 편히 사는 비법을 어릴 적부터 깨달은 분이였다.

마음의 노예가 되지 말고 마음의 주인이 돼라.

누군가 상처를 줄 때

"마음의 상처, 살짝 긁힌 거예요. 콤파운드로 밀면 돼요."

라는 별것 아니라는 의연함이 마음의 평온을 줄 것이다.

행복은 조건이 아니라 마음의 상태이다.

마음의 상처, 살짝 긁힌 거예요.
콤파운드로 밀면 돼요.

· 제 5 장 ·

건강, 독서,
행복, 부모

술과 담배를 즐긴 시간이
병원에서 보낼 시간이다

현대인은 돈을 벌려고 건강을 희생합니다.
그리고는 건강을 되찾으려고 돈을 희생하죠.
그들은 미래를 걱정하느라 현재를 즐기지 못합니다.
결국 현재에 살지도 못하고 미래에 살지도 못합니다.
절대 죽지 않을 사람처럼 살다가
제대로 살아 보지도 못하고 죽음을 맞이합니다.

_ 달라이 라마

얼마 전에 전자담배를 사는 데 줄을 서는 진풍경이 펼쳐졌다.

그 줄이 저승줄이 될지도 모른다.

절주와 금연하는 것은

두바이에서 핫팩 팔기보다 힘들고

인도에서 3분 카레를 파는 것보다 힘들며

알래스카에서 에어컨과 냉장고를

원 플러스 원으로 끼워팔기보다 힘들다.

금연하면 한귀가 찾아온다. 한 개비 귀신.

한귀를 조심해야 한다.

장수거북의 평균 수명이 150년이라고 한다.

십장생 중 하나인 거북이가 술과 담배를 했더라면

단명하였을 것이다.

의학과 유전 공학이 눈부시게 발달하고 있다.

선물인지 재앙인지 모르겠지만,

평균 수명 200세 시대가 열릴지도 모른다.

오래 사는 것도 중요하지만

건강하게 사는 것이 더 중요하다.

술과 담배를 즐긴 시간이

병원에서 보낼 시간이 될 것이다.

우리는 의지가 대단하다.

안 하려는 의지.

금연 안 하려는 의지, 절주 안 하려는 의지가 대단하다.

병원에서 보낼 시간은 술과 담배를 즐긴 시간에 비례하고
운동을 한 시간에 반비례한다.
병원에서 시간을 보내지 않으려면
절주와 금연을 당장 실천하고 운동을 해야 한다.

우리는
돈을 벌어서 병원에 병원비를 내고
돈을 벌어서 은행에 이자를 내고
돈을 벌어서 국가에 세금을 내고
돈을 벌어서 스트레스를 해소하기 위해 술을 마신다.
나이를 먹는다는 것은 그만큼 약이 늘어 가는 것이다.

운동할 시간이 없다는 것은 병원 갈 시간이 늘어나는 것이다.
한국 노인이 일본 노인보다 운동을 더 자주 하고 더 많이 하지만

한국 노인이 일본 노인보다 신체기능 나이가

3.7세 더 많다는 조사가 나왔다.

그 이유는 한국인은 유산소 운동에 치중하는 반면

일본인은 근력 운동도 많이 한다는 것이다.

유산소 운동과 근력 운동을 병행해야 한다.

매일 아주 조금씩 운동하라.

1초라도 운동을 하라.

운동에 할애할 시간이 없다면

병원에 할애할 시간이 늘어날 것이다.

갈 때 가더라도 담배 한 대 정도는 괜찮잖아?
거, 죽기 딱 좋은 날씨네.

괜찮지 않습니다.
담배 한 대 피울 때마다 수명이 14분씩 줄어듭니다.

〈금연의 장점(TMI)〉

세상에서 가장 돈 아까운 라이터 안 사도 됨

변기에 라이터 빠져서 OMG 안 외쳐도 됨

비에 젖어 담배 부러졌는데 한 모금 더 빨려는

찌질한 모습 안 해도 됨

침 뱉으려다가 안 끊겨 침이 늘어나는 주접 안 떨어도 됨

계단 올라갈 때 헐떡거림 감소

마트에서 담배 피는 곳 찾지 않아도 됨

놀이동산 가서 담배 못 참아 안절부절 안 해도 됨

1시간마다 머리 띵하는 금단 현상으로 니코틴 충전 안 해도 됨

담배 끝까지 펴서 손가락 데일 염려 없어짐

술 먹고 담배 거꾸로 무는 불상사가 일어나지 않음

담배 피러 시간마다 왔다 갔다 안 해도 됨

아기한테 뽀뽀해도 됨

무엇보다 담배 노예 해방

YES!

내 살은 왜 안 빠지는 걸까?
질량 보존의 법칙인가?

국민 인생숙제인 다이어트,

분명 어제보다 조금 먹었는데 얼굴은 왜 이렇게 부었고

배는 만두배가 되어 간다.

다음은 옷발이 잘 받는 키와 몸무게이다.

男	키	몸무게		키	몸무게	女
	167	57.2		155	44.5	
	169	58.5		157	45.6	
	171	59.9		159	46.8	
	173	61.3		161	48.0	
	175	62.7		163	49.2	
	177	64.2		165	50.4	
	179	65.6		167	51.6	
	181	67.1		169	52.8	
	183	68.7		171	54.1	

살면서 이 몸무게를 가진 사람이 얼마나 될까?

우리 몸은 206개의 뼈와 600개 이상의 근육

그리고 70조 개의 세포로

이루어져 있는 완벽한 생명체이다.

이런 완벽한 생명체에 술·담배와 과식을 한다.

체중 관리를 정말 하고 싶다면

매일 아침과 저녁으로 체중을 재라.

체중이 늘었다면 그날 먹는 양을 평소보다 줄여라.

기초 대사량은

우리 몸을 유지하는 데 필요한 최소한의 칼로리량이다.

기초 대사량과 활동하는 에너지 소비량보다 더 먹으면

살이 찐다.

성인의 1일 기초 대사량은 약 1,440㎉ 정도이다.

소주 360cc 1병에 660Kcal,

맥주 500cc 1병에 240Kcal,

막걸리 750cc 1병에 410Kcal,

양주 360cc 작은 병에 1,000Kcal가

들어 있다.

밥 한 공기는 300Kcal이다.

한국 남자가 가장 많이 섭취하는 음식은

밥 다음에 술이다.

밥과 술을 줄이고 운동을 하여라.

살을 빼는 효과적인 방법은

밥통을 줄이는 것이다.

먹는 양을 90%로 줄인 후에

80%로, 70%까지 줄여 봐라.

꿀돼지야! 맛만 본다고?

니가 알던 그 맛이에요.

찍먹 부먹, 고민 말고 그만 드세요.

똥돼지야! 미각 세우지 마세요.

먹고 바로 누우면 안 되니깐

아예 처음부터 누워서 먹는 그대여!

그대에게 필요한 건

제육이 아닌 체육이다.

그리고 아프니깐 운동이 아니라

운동을 미리 하여서 아프지 말라.

몸짱은 태어나는 것이 아니라 만들어지는 것이다.

누구냐, 넌?
15년간 만두만 먹었냐?

나는 매일
고액 과외 받는다

> 좋은 책을 읽는 것은 과거 몇 세기의 가장 훌륭한 사람과
> 이야기를 나누는 것과 같다.
>
> _ 르네 데카르트

독서를 매일 한 시간씩 하면

대학생 과외가 아닌 전문가 과외를 한 시간씩 받는 것이다.

매일 독서 과외를 받으면

일 년 후 다방면의 전문가가 되어 있을 것이다.

중요한 것은

한 차원 높은 사고를 할 수 있을 것이고

마음의 평온이 찾아올 것이다.

샤를 드 스공다의 명언처럼

"한 시간 독서로 누그러지지 않는 걱정은 결코 없다."

독서를 하는 것은

이천 년 전 철학자에게 독서 과외를 받고,

명사, 위인과 영웅 등 분야의 대가와 전문가의

생각과 가르침을 매일 과외 받는 것이다.

독서를 통해 에디슨과 플라톤을 만나고

워렌 버핏에게 투자 과외,

빌 게이츠에게 경영 과외와 기부 과외,

스티브 잡스에게 IT 과외,

하나님께 채플 과외도 받는 것이다.

이렇듯 독서를 하면

철학자 과외, 경영자 과외, 교수 과외 등

시대와 국경을 초월한 과외를 받을 수 있다.

독서 과외를 통해
천 년 넘게 전해져 온 진리를 배울 수 있다.
당장 TV선을 자르고 독서의 세계로 빠져라.

오늘 독서 과외 몇 시간 받느냐?
매일 1시간씩 독서 과외 받아 보아라.
전문가의 1시간 과외 효과를 생각해 봐라.

독서는 천재와의 만남이다. 천재한테 받는 과외이다.
과외를 받을 것인지 받지 않을 것인지는 그대의 몫이다.
이천 년 전 철학자를 만나고 싶다면
독서를 통해 과거 여행을 떠나자.
돈데크만! 돈데기리 돈데기리기리!

나는 매일 고액 과외를 받는다.

독서 자극 명언,
피타고라스가 놀랄 정도로
싹 정리

독서를 자극할 수 있는 것 중에
독서 명언만큼 좋은 것이 없다.

독서 명언 중 자극적이고 감명적인 엑기스만 뽑았다.

천천히 음미하며 곱씹으면서 읽어라.

곱창을 음미하듯이.

독서를 하다 보면 나는 내가 장애자라는 것을 정말 느끼지 못합니다.
내 영혼이 훨훨 하늘을 날아오르는 것 같은 희열감을 느낍니다.

_ 헬렌 켈러

읽고 읽고 또 읽어라. 이것이 부자가 되는 비결이다.　　　_ 워렌 버핏

가슴속에 만 권의 책이 들어 있어야 그것이 흘러 넘쳐서
그림과 글씨가 된다. _ 추사 김정희

만 권의 책을 읽으면 신의 경지에까지 통한다. _ 소식

1만 권의 책이 있는 곳이 낙원이다. _ 허균

만 권의 책을 독파하면 귀신처럼 붓을 놀릴 수 있다. _ 두보

나는 책 한 권을 책꽂이에서 뽑아 읽었다.
그리고 그 책을 꽂아 놓았다.
그러나 나는 이미 조금 전의 내가 아니다. _ 앙드레 지드

책은 위대한 천재가 인류에게 남겨 주는 유산이다.
이는 아직 태어나지 않은 자손들에게 주는 선물로
한 세대에서 다른 세대로 전달된다. _ 에디슨

독서가 정신에 미치는 효과는 운동이 신체에 미치는 효과와 같다.
_ 리처드 스틸

긴 하루 끝에 좋은 책이 기다리고 있다는 생각만으로
그날은 더 행복해진다. _ 캐슬린 노리스

한 문장이라도 매일 조금씩 읽기를 결심하라.

하루 15분씩 시간을 내면 연말에는 변화가 느껴질 것이다.

_ 호러스 맨

남의 책을 읽는 데 시간을 보내라.

남이 고생한 것에 의해 쉽게 자기를 개선할 수 있다.　　_ **소크라테스**

우리는 모두 책이 불에 탄다는 것을 알지만,

책을 불로 죽일 수 없다는 더 큰 지식을 가지고 있다.

사람들은 죽어도 책은 결코 죽지 않는다.

아무도 어떤 힘도 기억을 제거할 수는 없다.

삶이라는 전쟁에서, 책은 무기이다.

_ F.D 루스벨트, [미국 서적 상인 조합에 보낸 메시지]

나는 재산도 명예도 권력도 다 가졌으나,

생애 중 가장 행복했던 순간은 독서를 통하여 얻었다.

독서처럼 값싸고 영속적인 쾌락은 없다.　　_ **몽테스키외**

책을 읽음에 있어 어찌 장소를 가릴 것이랴.　　_ 이황

독서에 빠지면 기르던 양이 없어져도 모른다.　　_ 장자

지금까지 세계 전체는 책의 지배를 받아 왔다. _ 볼테르

책은 한 권 한 권이 하나의 세계다. _ W. 워즈워스

좋은 책을 읽는 것은 과거의 가장 뛰어난 사람들과
대화를 나누는 것과 같다. _ 데카르트

나는 대통령 임무를 수행하는 8년 동안
매일 저녁 하루 1시간씩 독서를 했다. _ 오바마

나는 술 대신 철학 고전에 취하겠다. _ 아인슈타인

전쟁 때도 책을 놓지 마라. _ 유성룡

독서 명언 자극 어떠한가?
독서 욕구가 충만하지 않은가? (후끈 후끈)
독서를 하지 않을 때나 독서하기가 싫을 때
수시로 독서 자극 명언을 읽어라.
전 국민이 떼독서 하는 그날을 위하여

독서를 자극할 수 있는 것 중에
독서 명언만큼 좋은 것이 없다.

한 젓가락 하실래예?

학원
공화국

한국 아이들의 공부 시간이 주당 평균 60시간이라고 한다.

주 52시간 위반이다.

최저시급으로 계산해도 월간 295시간이니

주 5일을 기준으로 하면 기본급 1,795,310원,

연장수당 1,108,110원을 합하면 2,903,420원이다.

휴일에 조금이라도 공부한 것을

최저시급 기준 월급으로 환산하면 3백만 원이 훌쩍 넘어간다.

노동 강도보다 공부 강도가 세다.

대한민국은 학원 공화국인가?

유치원 때부터 학원을 다닌다.

초등학생은 밤늦게까지 학원 다니고

숙제하느라 제대로 놀지도 못하고

중고등학생은 서열화된 대학 입시 아래

치열한 경쟁을 위해 학원을 다니며

대학생은 무한스펙을 쌓느라 학원을 다닌다.

그것도 모자라 직장인들 중에도

학원을 다니는 사람이 많다.

무한궤도처럼 끝이 없이 돌고 돈다.

서태지와 아이들의 교실 이데아가 생각난다.

됐어, 됐어, 이제 그런 가르침은 됐어!

우리 아이들은 놀이를 통해 인성과 창의력이 발달한다.

어린이들은 노는 것이 당연한 것인데

학원에 가기 바쁘고

학원 숙제하기 힘들어서 지쳐 있다고 한다.

요즘은 미세먼지로 놀이터에 가고 싶어도 못 간다.

교육은 백년 앞을 내다보고 계획을 세워야 하는 백년대계이나,

우리나라 교육정책은 정권이 바뀔 때마다 바뀐다.

학생들은 공부만 하기도 바쁜데 정책까지 신경 쓰라는 것인가?

우리 아이들은 학교와 학원 숙제, 빡빡한 학원 스케줄로 인해

학습 스트레스와 불안감까지 겪는 경우가 많다고 한다.

마냥 부모만 탓할 수는 없다.

우리 아이가 뒤처지지 않을까 하는 걱정으로

아이들을 학원에 보낸다.

이는 무한 입시 경쟁이 낳은 사회상이다.

교육 시스템과 교육 환경이 바뀌지 않는 이상

우리 아이들은 학습 스트레스를 받고

그 아이가 어른이 된 이후에는 직장 스트레스를 받으며

그 어른은 삶 자체가 스트레스가 되어 버린다.

생각해 보라.

어릴 때 신나게 놀았던 기억이 추억이 되고

평생 동안 그때를 추억하며 미소 짓게 하고

마음의 평안을 찾게도 하는 것이다.

우리 아이들에게 어떤 추억을 만들어 줄 것인가와
그 아이가 어른이 되어 동심을 추억하며
미소를 머금을 수 있게 하는 것은
우리 어른들의 몫이다.

붙임

책『자존감 수업』에 따르면
5~7세가 전지전능의 시기라서
우리 아이들이 슈퍼맨도 되고 공주도 된다고 한다.
인간이 회상할 수 있는 가장 어린 시절이라고 한다.
부디 우리 아이들이 좋은 기억을 회상할 수 있도록
많은 추억을 만들어 줘라.

학원 공화국

노동 강도보다 공부 강도가 세다.

행복해야 해!
그냥 사는 거지 뭐!

나도 모르게 태어났고

살다 보니 어른이 됐고

먹고살려니 취직했으며

남들 다 하니 결혼도 했다.

하라는 대로 했는데 왜 이렇게 힘든 것일까?

어디서부터 잘못된 것일까?

열심히 사는데 왜 힘든 거죠?

99%의 노오오력을 하였으나,

1%의 영감님은 언제 오는 것일까?

1%의 영감님은 환갑 잔치 때나 오시려나?

행복해야 한다고 한다.

행복을 강요받는 기분이다.

행복하지 않으면 무언가 잘못하는 기분이다.

꼭 행복하게만 살아야 하나?

그냥 살면 안 되나?

행복 강요, 행복 타령, 행복 비용, 행복 의무감을 말하지만

아무리 행복하려 해도 정작 행복하지는 않다.

뭐가 잘못된 것일까?

어떤 상태가 행복한 것이고

행복하려면 어떻게 해야 하는 것인가?

내 인생인데 내 마음대로 살면 안 되나?

학교 성적이 가능성 가(可)였더라도

인생은 빼어날 수(秀)가 될 수 있다.

행복은 성적순이 아니며,

공부를 잘해야 행복한 것은 아니다.

우리들은 부자들을 부러워하고

부자가 되면 행복해질 수 있을 것이라는 착각을 한다.

부자와 가난한 자는 큰 차이가 없다.

부자와 빈자의 격차를 의식주로 비교하면,

의 옷 입고 있음

식 밥 먹음

주 이불 덮고 잠

비교하니 가격 차이가 날 뿐 서로 비슷한 삶을 산다.

너무 부러워하지 마라.

부자야! 너랑 나랑 다른 것 별로 없어!

효리네 민박에서

대학만 가면 행복할 줄 알았다는 대학생의 고민을 듣고

효리가 이상순에게

"행복해야 된다는 생각을 버리면 행복한데."라고 말하니,

이상순은 나지막한 목소리로 "그냥 사는 거지 뭐."라고 말한다.

역시 앞뒤가 똑같은 리효리이고, 고민 고민하지 마 유고걸이다.

행복을 갈구하니 불행한 것이다.

행복은 정복의 대상이 아니다.

평범하게 그냥 살아도 된다.

꼭 행복하게 살아야 하는 건가요?

그냥 사는 거지 뭐.

효리네 민박에서

대학생: 대학만 가면 행복할 줄 알았어요.
효 리: 행복해야 된다는 생각을 버리면 행복한데.
상 순: 그냥 사는 거지 뭐.

249

행복 방정식 해답:
행복의 기준을 낮춰라

행복의 문 하나가 닫히면 다른 문이 열린다.
우리는 닫힌 문을 멍하니 바라보다가
열린 문을 보지 못한다.

_ 헬렌 켈러

유엔 산하 자문기구인

지속가능발전해법네트워크(SDSN)에서 발표한,

'2019 세계행복보고서(World Happiness Report)'에 따르면

한국의 행복지수는 10점 만점에 5.895점을 받아

조사국가 156개국 중 54위,

'가(可)'라는 행복 성적표를 받았다.

경제 규모는 10대 강국이나,

행복 성적표는 60%미만으로 가능성 '가(可)'를 받았다.

행복 상위권 10개국은

핀란드, 덴마크, 노르웨이, 아이슬란드, 네덜란드,

스위스, 스웨덴, 뉴질랜드, 캐나다, 오스트리아 순이었다.

여기서 중요한 것은 측정지표이다.

1인당 국내총생산, 기대 수명, 관용, 사회적 자유,

사회적 지원, 부정부패 정도 등인데,

아니나 다를까 우리나라는

사회적 자유 144위, 사회적 지원 91위, 부정부패 100위로

또 가능성 '가(可)'였다.

남의 눈치 보느라 타인의 시선을 의식하느라

자유로운 삶을 살지 못하고(사회적 자유 144위),

사회적 지원은커녕 친척과 친구들도 어려울 때

먼 친척과 먼 친구가 되며,(사회적 지원 91위),

부정부패는 말할 것도 없이 가능성 가(可)이다. (부정부패 100위)

행복은 대단한 것이 아니다.

자신이 행복하다고 느끼면 그것이 행복인 것이다.

인터넷에 있는 행복의 이유들이다.

〈행복의 이유들〉

1. 당신의 냉장고에 음식이 있고
   당신의 등에 옷이 걸쳐져 있으며
   비바람을 막을 지붕이 있고 잠 잘 곳이 있다면
   당신은 지구상의 75% 사람들보다 행복합니다.

2. 만약 당신의 은행 계좌나 지갑에 돈이 있고
   몇 개의 동전이 당신 주머니 속에 있다면
   당신은 이 세상의 8% 부유층에 속합니다.

3. 만약 당신이 오늘 아침에 병들지 아니한 채로 일어났다면
   당신은 이번 주를 넘기지 못하는 수백만 명의 사람들보다
   축복받았습니다.

4. 만약 당신이 전쟁의 위험을 경험한 적이 없고,

   외로운 감옥 생활을 해 보지 않았으며,

   고문의 괴로움을 맛보지 않고, 배고픔의 고통이 없었다면

   당신은 지금 이 순간 고통을 당하는 또 다른 500만 명보다

   행복합니다.

5. 만약 당신이 체포, 고문 혹은 죽음의 위험이 없이

   종교 활동을 할 수 있다면

   당신은 세계 30억 명의 사람들보다 축복 받았습니다.

6. 만약 당신의 안녕을 생각하고 있는 사람이 보낸

   글을 읽을 수 있다면 당신의 축복은 곱절이나 더합니다.

   아니 그 이상일 것입니다.

   왜냐하면, 지구상에는 글을 전혀 읽지 못하는 사람이

   20억 명이나 있으니까요.

7. 만약 당신이 미소를 머금은 채 머리를 들고

   진정으로 감사할 수 있다면 당신은 축복받은 사람입니다.

오직 성숙한 사람만이 그럴 수 있으며

대부분의 사람은 그러하지 못하기 때문입니다.

8. 만약 오늘 당신이 누군가와 손을 맞잡을 수 있고

   포옹할 수 있으며, 어깨를 두드려 줄 수 있다면

   당신은 축복받은 사람입니다.

   왜냐하면 당신은 치유의 손길을 줄 수 있기 때문입니다.

영속적 행복을 유지하려면 행복의 기준이 낮아야 하고

일상이 행복이 되어야 한다.

원하던 대학 입학이나 복권 당첨과 같은 것이

행복을 줄 수는 있다.

그러나 이런 일들이 자주 있는 것은 아니기 때문에

지속적인 행복을 누릴 수 없다.

아이들은 더운 날 놀이터에서 놀다가

시원한 물 한잔 마시면 "아~시원해, 행복해."라고 말한다.

우리는 행복 기준이 너무 높다.

그래서 일상의 행복을 느낄 수 없다.

행복이 대단한 것이 아니다.

행복하다고 느끼기만 하면 되는 것이다.

죽을 것 같은 괴로움이 없다면 행복한 것이다.

어릴 적 소풍가기 전날에 얼마나 설레고 행복했는가.

어린 시절처럼 행복의 기준을 낮춰라.

행복의 기준을 낮추지 않는 이상

영속적 행복을 절대 느낄 수 없다.

행복을 기다리지 말고

지금 당장 느껴 보아라.

행복 방정식의 해답은

행복의 기준을 낮추는 것이다.

행복의 문 하나가 닫히면 다른 문이 열린다.

그대는 비교할 수 없는 작품이다. 그대만의 가치가 있다

밥 먹기 힘든 절대적 빈곤은 해결되었는데

비교하는 상대적 빈곤으로 밥 먹기 힘든 시절보다

행복도가 떨어진다.

남과 비교하지 말라고 하지만 안 할 수가 없다.

페이스북, 인스타그램, 카톡 사진을 보면

다들 잘 살고 다들 행복해 보인다.

우리는 비교를 통하여 서열화하는 경향이 있다.

비교 의식을 버릴 수 없다면

더 힘든 사람들을 보아라.

불의의 사고로 다친 사람,

아파서 병원에 입원한 사람,

불치병에 걸려 하루하루 사투를 벌이는 사람들

그런 다큐를 보며 힘든 사람들의 아픔을 느껴 보면

나는 지금은 괜찮다는 생각이 들고

지금의 감사함을 안다.

"결혼해서 남편이 바람을 피운다.

자식이 학교에서 성적 꼴지를 했다.

회사에서 실직을 하거나 사업을 하다가 파산을 했다."

당연히 힘들고 마음고생을 한다.

그러나 이런 힘든 것도 시간이 해결해 준다.

당연히 힘들지만 더 힘든 일을 당하면

지난 일은 그나마 괜찮다고 생각을 하게 된다.

더 힘든 일이 생기지 않아서 다행이고

지금은 괜찮다는 마음을 가지고

하루하루를 감사히 살아가자.

인공지능로봇과 인간을 비교해 보자.

로봇이 계단을 내려가는 기능을 만들기 위해서

엄청난 연구를 해야 하고 투자비가 들지만,

사람은 연습만 하면 된다.

정확하게 두 발에 양말을 신고

마음에 드는 옷을 입고

또한 변기에 대소변을 보는 행위는 인간만이 가능하다.

슈퍼컴퓨터나 바둑을 잘 두는 알파고보다

당신이 훨씬 뛰어나다.

"비교하지 마세요. 사람은 상품이 아니라 작품입니다."

장경동 목사가 TV 프로그램에서 한 말이다.

사람은 그 나름대로 가치가 있어

비교할 수 없는 작품이다.

사람도 인생도 예술 작품이다.

얼룩진 풍경화도 화려한 풍경화도,

비 오는 날의 수채화도 있다.

모두 다 가치 있고 비교할 수 없는 작품이다.

우리 서로가 같이 있음에 모두가 가치가 있는 것이다.

그대는 비교할 수 없는 작품이다.

그대만의 가치가 있다.

비교하지 마세요.
그대는 비교할 수 없는 작품입니다.

엄마의 쑥국

엄마가 보고플 땐 엄마 사진 꺼내 놓고

엄마 얼굴 보고 나니 눈물이 납니다.

"저분은 저희 어머니가 확실합니다."

군대에서 엄마 상용화는 뽀빠이 아저씨가 다했다.

어머니는 짜장면이 싫다고 하셨어~ ♬ 야이야이야~ ♬

나의 어머니는 돼지고기도 싫다고 하셨고

생선회도 싫다고 하셨다.

하물며 통닭도 속에 부대낀다고 싫다고 하셨다.

정말 싫어하시는 줄로만 알았는데,
어머니는 부엌 한 구석에서
먹다 남은 돼지고기를, 생선회를,
그리고 통닭을 드셨다.

어릴 적 생선뼈를 발라 주시며
입안에 넣어 주시던 어머니,
정작 어머님은 드시지 않으셨다.
생선 비린내가 싫다면서 안 드신다고 하셨다.

그때는 엄마의 그런 모습이 너무 싫었다.
이제 그때 그 시절
내가 어머니의 나이가 되고
자식이 생기고 나니
어머니의 마음이 이해가 간다.

나도 엄마가 하셨던 그대로
자식 입에 들어가는 것만으로도
배가 부르다.

없는 형편에 혹시라도

자주 먹지 못하던 귀한 음식이 생기면

당신은 드시지 않고

늘 자식을 먹이셨던

나의 어머니!

글을 쓰는 순간에도

눈시울이 뜨겁게 적셔지고

가슴이 먹먹해진다.

생각만 해도 눈물 나게 하는 그 이름, 어머니!

겨울 끝 따뜻한 봄이 되기 전

우리 엄마는 빨간 소쿠리에

쑥을 직접 캐 오셔서 국을 끓여 주셨다.

아~ 향긋한 봄 냄새, 푸르른 쑥 냄새가 가득한

엄마의 쑥국을 먹어야

봄이 왔음을 알았다.

매년 봄이 되면 엄마의 쑥국이 그립다.

각양각색의 다양한 모습으로

자식들을 성장시키는 어머니의 진실된 사랑은

이 세상 모든 명언과 좋은 글귀를 무색케 한다.

그 무엇과도 대체가 되지 않을 만큼 위대하시다.

어머니의 사랑을 깨닫고 나니

나도 나이가 들어 있었고

어머니의 눈가에는 주름살이 가득하다.

붙임

〈그냥〉

_ 문삼석

엄만

내가 왜 좋아?

그냥…….

넌 왜

엄마가 좋아?

그냥…….

전원일기 일용엄니의 수미네 반찬은

이름이 증명한다.

빼어날 수 맛 미, 수미!

『수미네 반찬』 책의 레시피는 구수하고 엄마의 맛이 전해진다.

마치 전원일기처럼

세상에서 가장 맛있는 음식은 이 세상 모든

어머니의 숫자와 동일하다.

– 식객 허영만

아버지의 썰매

아버지!

아들이 세상에서 가장 재밌었던 놀이기구는
아버지가 손수 만들어 주신 썰매였습니다.

아들의 썰매를 만드시려고
산과 들에서 단단한 나무를 찾아다니시고
고물상에서 가장 튼튼한 쇠를 사 오셔서
아버지가 만들어 주신 썰매가
아들의 가장 재밌었던 놀이기구였습니다.

아버지가 고물상에서 가져오신 쇠는

다른 친구들 것보다 가장 두껍고 강했습니다.

그래서 썰매 타기를 좋아했는지도 모르겠습니다.

아들이 다른 친구들보다 가장 빨랐으니까요.

어릴 적 저의 썰매는 토르의 망치보다

캡틴아메리카의 방패보다 강했습니다.

아버지!

제가 7살 때, 유난히 추운 겨울날

아버지가 바닥에 앉으셔서 이불을 덮고 계실 때,

아버지의 다리 밑에 숨어서 엄마, 누나와 형을 놀라게 할 때,

너무 재밌었고 신났습니다.

그때도 아버지는 아무도 모르게 제 편이셨죠.

아버지!

제가 아빠가 되고 보니,

아버지가 얼마나 힘들게 사셨는지를 비로소 깨달았고

아버지의 무거웠을 어깨가 느껴집니다.

무뚝뚝한 아버지를 닮아서

사랑한다는 표현을 못 하는 무뚝뚝한 아들입니다.

어릴 때는 아버지의 무심한 모습이 이해가 안 가서

철없이 반항도 했습니다. 용서하세요.

이제는 아들이 아버지처럼 삽니다.

붙임

부디 사랑한다는 말을 과거형으로 하지 마소서.

_ 가수 인순이

부모나무 ⏰

우리를 마카롱처럼 다양한 삶을 살 수 있게 하는 원동력은
변함없는 나무를 닮은 우리들의 부모님이시다.
어쩌다 부모가 되어 살다 보니,
어릴 적 부모님의 모습이 그려진다.
큰 소리로 말씀하시는 법이 없으셨고, 늘 지켜봐 주셨으며,
권위를 내세우지도 않으셨다.

내가 아이를 키우다 보니,

자식을 있는 그대로 지켜봐 주는 것이
쉬운 일이 아님을 알았다.
자꾸만 간섭하고 싶고 내 생각대로 이끌어 가고 싶은 마음이
불쑥 불쑥 올라온다.
그 마음을 억누르며 산다는 게 정말 힘들다는 것을 알게 되었다.
우리의 부모님들은 그러한 인고의 세월을
묵묵히 견뎌 내셨음을 느지막하게 깨닫는다.
내 가슴에 부모님이 더 큰 존재로 자리 잡는다.

우리 아버지와 어머니를 생각하면
나무가 떠오른다.
내가 어떤 모습이든,
내가 어떻게 살아가든,
지켜봐 주시며 항상 자식 뒤에서 응원해 주신다.
늘 내 편이 되어 주신다.
때론 나무처럼 그늘이 되어 주시고
비가 올 때면 비를 피할 수 있는
안식처가 되어 주신다.

못난 자식들을 위해서
당신의 몸을 불사르시는
한없이 희생하시는 부모님

우리 부모님은
화려했던 봄도
열정적이었던 여름도
아름다웠던 가을도
자식들에게 다 내어 주시고
이제는 늙으셔서
추운 겨울을 지내신다.

못난 자식이 꼭 하고픈 말이 있습니다.
태어나서 한 번도 말하지 못한 말,
사랑합니다.

그리고, 나답게 살 수 있게 응원해 주신
아버지, 어머니 감사합니다.
건강하세요.

우리 아버지와 어머니를 생각하면 나무가 떠오른다.
때론 그늘이 되어 주시고 비를 피할 수 있는 안식처가 되어 주신다.
사랑합니다.

짧지만
임팩트 있는 글 📖

〈사과의 힘〉

아담과 이브가 에덴동산에서 쫓겨난 것도 사과 때문

백설공주가 왕자를 만나게 된 계기도 사과 때문

뉴턴의 만유인력의 법칙 발견도 사과 때문

전자계산기 이론을 처음으로 정초한 앨런 튜링은

독이 든 사과를 베어 물고 생을 마감

아이폰 애플사도 사과

빌헬름텔 아들 머리 위에 올려졌던 사과

피 터지게 싸운 사람들 화해시켜 주는 것도 사과

사과를 매일 하나씩 먹으면 의사를 멀리 한다는 말이 있다.
그 말인즉, 의사를 죽일 수도 있다는 것이다.

의식주 중
의는 있는 옷 계속 입으면 되고
식은 없는 반찬이라도 허기를 반찬 삼아 밥 먹으면 되나
주는 내 집은 언제쯤 살 수 있으려나?

요즘 아이를 낳지 않는 직장인들이 많다.
살기 힘들어서라고 한다.
어떤 이는 종족번식의 본능에 의해 아이를 낳았다고 하지만
살면서 가장 잘한 일은 아이를 낳은 것이다.
제2의 인생을 사는 듯하다.
아이를 키운다는 것은
제2의 인생을 사는 것이고,
제2의 동심으로 돌아가는 것이다.
놀이동산도 가고 동물원도 가며,
색종이 접기도 비눗방울 놀이도 하며
아이가 없었다면 하지도 않았을 행위를 하며

나도 그때의 추억 속으로 젖어들며 동심의 나를 발견한다.
전직 어린이였다는 것을 알아차린다.
그리고 어린아이처럼 그 놀이를 하며 즐거워한다.
아이를 키우며 부모님의 마음을 비로소 알게 되었다.

우리는 전직 어린이였다.
짱구 나이 때도 있었고 영심이 나이 때도 있었다.

요즘은 맞벌이가 아닌 다벌이 시대이다.
남편, 아내, 아이 전부 다 벌어야 먹고산다.

좋은 날 나쁜 날이 달력에 적혀 있으면
좋은 날 나쁜 날을 일기예보처럼 매일 알려 주면
얼마나 재미없을까?
좋은 날 나쁜 날이 따로 있는 게 아니다.
그대가 정하기 나름이다.

〈방방 랩〉

나인틴~ 나인티인 원!
내가 살던 곳은 쪽방

학창 시절엔 자취방

열심히 노력해도 우리 집은 단칸방

점점 지저분해져 가는 내 방

내 허리에는 지방 내 출신은 지방

날 공격하네 사방

사람들은 내 삶을 비방

점점 무거워지는 내 가방

내 인생은 한방

인생이 달라진다 하여 열심히 다닌 책방

월세방을 찾기 위해 봤던 다방, 직방

몸이 아파 찾아가네 약방

먹을 게 하나도 없네 주방

가스비가 끊겼네 난방

내가 좋아하는 TV 프로그램은 결방

오늘도 혼자서 독수공방

내 인생은 헛방

마음을 비우니 모든 것이 해방

랩 하듯이
읽어 보세요.

⟨약약 랩⟩

내가 억만장자가 된다면 만약

백억짜리 집 계약

크루즈 예약

하지만 내 인생은

돈을 아껴야 한다 절약

억만장자는 다음 생애 기약

내 인생에 갠새이 제약

손대면 패가망신한다 마약

엉덩이 종기엔 고약

종기가 너무 아파 참지를 못하겠다.

나의 의지는 박약

홈플러스 갔다 오면 홈마이너스,

홈더하기 아닌 홈빼기다.

다이소는 다 있지 않고

이마트 갔다 오면 이마 터지며

백화점 갔다 오면 머리속이 하얘지는 백화 현상이 일어난다.

대학 가면 여드름도 없어지고 살도 빠지고 예뻐진다는 말
아나~ 다 뻥이다.
고등학생 때 얼굴은 소보로빵
대학 가면 예뻐져
가 봐. 별반 차이 안 날 껄
화장하면 소보로빵에 설탕 뿌린 것 같다.

황사와 미세먼지,
조만간 편의점에
지리산 공기 캔이 천 원 하지 않을까 싶다.
산소 발생기 비즈니스가 촉망 받는다고 한다.
물을 사 먹을 줄 상상도 못했던 시절도 있었다.
물은 어릴 적 땡볕에서 실컷 뛰어놀고
학교 수돗가에서 먹는 물이 가장 맛있었다.
아리수는 절대 흉내 못 내는 그 맛

엑셀의 REF…. 고요 속에 외친다.
근의 공식은 몰라도 이별 공식은 안다.

소주를 벌컥벌컥 마시는 나를 보고

친구: 너 쏴~라 있네.
나: 죽지 못해 마시는 건데.

분명히 영심이가 내 또래였는데
어느새인가 영심이 아빠보다 나이가 많아져 있었다.
조금 있으면 딸이 영심이 또래가 된다.

DJ 세키러 붐 FM 라디오에서 들은 내용인데
"지금 그리운 것이 그대인가?
그때인가?
아마도
그때의 그대일 것이다."

영화『완벽한 타인』에서
남자와 여자는 뇌의 운영 체계가 다르다고 한다.
남자는 안드로이드이며,
싸고 다루기 쉽고 바이러스 잘 먹고
일일이 업데이트 안 해 주면 완전 바보 된다고 한다.
여자는 아이폰이며,

예쁘고 지조 있고 똑똑하고 비싸고 까다롭고 호환도 안 되고
지들끼리만 재밌다고 한다.
핸드폰의 문제는
쓸데없이 너무 많은 것이 들어 있다는 것이다.
통화 내역, 쇼핑 내역, 문자, 카톡, 이메일, 위치, 내비게이션,
스케줄, 인생의 블랙박스이다.
영화에서 사람들은 누구나 세 개의 삶을 산다고 한다.
공적인 하나,
개인적인 하나,
그리고 비밀의 하나가 있다고 한다.
우리가 휴대폰을 휴대하는 것이 아니라
휴대당하거나
지배당하는 것이 아닐까?

눈썹 문신한 친구가 자랑한다.
내가 볼 때는 짱구 눈썹인데

주윤발의 본색이 드러났다.
주윤발이 8,100억 기부한다고 한다.

멋지다. 윤기 나는 발 윤발 형님! 따그 !

한 달 용돈 11만 원이고, 개인 차량 없으며,

지하철을 이용한다고 한다.

사회에 무엇을 해야 하는지 영웅이 몸소 보여 주었다.

기부도 영화 같다.

쌍권총을 괜히 날린 것이 아니다. 빵야 빵야!

본색을 드러내었다. 영웅의 본색을

그대의 삶을 존중합니다.

마카롱처럼

각자의 색으로

각자의 맛으로

각자의 취향대로

알록달록하게

때론 핑크빛으로

때론 보랏빛으로

때론 하늘빛으로

살아도 돼요.

그대답게!

🕰️ 에필로그

처음에는 내가 괴로워서 글로 표현하고 나니
괴로움이 없어지는
희귀한 경험을 하였다.
괴로움을 글로 표현하면 사라졌다.
그리고 나에게 위로와 위안이 되었다.

네이버 메모에 매일 매일 조금씩 쓰다 보니
한 권의 책이 되었다.
네이년에 감사해야 할지
괴로웠던 내 삶에 감사해야 할지 모르겠지만
이 책이 힘들어 하는 그대에게
위로와 위안이 되길 바란다.
여러분들도 힘들고 괴로운 것을
글로 표현하여 쓰고 난 후
눈을 뜨고 가만히 지켜봐라.
그리고 눈을 감고 오롯이 생각하라.
가만히 지켜보면 서서히 사라진다.
어떻게 살 것인가를 잘 모르겠다면
마카롱처럼 다른 색, 다른 맛, 다른 취향으로 사는 것이다.
취향대로 살아라. 무취향도 취향이다.
누군가 나에게 지적질을 해 대면
당당히 말하라.
나답게 사는 중임돠!

마카롱처럼 아름다운 각자의 취향이시길
진심으로 바랍니다.

지옥이 따로 있는 것이 아니라
직장에서 지옥같이 생활하면 그곳이 지옥이고,
삶을 지옥같이 살면 삶이 지옥이며,
내 마음이 지옥이 된다.

반대로
천국이 따로 있는 것이 아니라
직장에서 천국같이 생활하면 그곳이 천국이고,
삶을 천국같이 살면 삶이 천국이며,
내 마음이 천국이 된다.

세상은 그대로이나,
변할 수 있는 것은 그대의 마음이다.

바라건대, 그대의 삶이 천국이 되소서.

Thanks for

나를 낳아 주시고 길러 주신 사랑하는 우리 부모님과 항상 나를 지지해
주는 소중한 아내 지은이와 동심을 추억케 해 주는 귀엽고 깨물어 주고
싶은 내 딸 윤서에게 이 책을 바칩니다.

_ 클래식 음악이 잔잔히 흐르는 여의도 어느 서점에서
밀리언셀러를 꿈꾸며

참고 문헌 및 저작물

- "누가 넘버 쓰리래", 넘버 3(감독 송능한 ,1997)
- "마이 아파", 웰컴 투 동막골(감독 배종 , 2005)
- "언년아 언년아 잘 살아라", 추노(연출 곽정환, 2010)
- "내가 웃는 게 웃는 게 아니야.", 리쌍 3집 앨범, 2007
- "직장 내 괴롭힘 유형", 『직장 내 괴롭힘 판단 및 예방·대응 가이드』(고용노동부, 2019)
- "늬 내가 누군디 아늬", 범죄도시(감독 강윤성, 2017)
- "고마해라. 마이 뭇다 아이가", 친구(감독 곽경택, 2001)
- "잡코리아 광고 부분", 잡코리아 TV CF(2012)
- "야, 4885 너지?", 추격자(감독 나홍진 ,2008)
- "너나 잘하세요.", 친절한 금자씨(감독 박찬욱, 2005)
- 김민석 PD 세바시 일화, 세상을 바꾸는 시간, 15분, CBS TV
- "퍽유머니 부분", 『불행 피하기 기술』(롤프 도벨리, 인플루엔셜, 2018)
- "묻고 더블로 가", 타짜(감독 최동훈, 1997)
- "신천희 술타령", 『무얼 믿고 사나』(소야 신천희, 푸른사상가, 2012)
- "최고의 안주〜한다.", 리틀 포레스트(감독 임순례, 2018)
- "이 밤의 끝을 잡고", 솔리드 2집 앨범, 1995
- "똘똘똘똘과〜맑아진다.", 『아무튼, 술』(김혼비, 제철소, 2019)
- "유혹의 소주타 가사", 유혹의 소나타, 아이비 2집 앨범, 2007
- "밤이 깊었네, 이밤에 취해, 술에 취해", 밤이 깊었네, 크라잉넛 하수연가 앨범, 2001

- "극한 인생, 지금까지 이런 인생은 없었다.", 극한직업(감독 이병헌, 2018), 대사 "지금까지 이런 맛은 없었다." 패러디
- "생각대로 안 되니 생각지도 못한 일이 생긴다.", 『빨강머리 앤이 하는 말』(백영옥, 아르테, 2016)
- "어떻게 하면~쉬고 있습니다.", 『멈추면, 비로소 보이는 것들』(혜민 스님, 쌤앤파커스, 2012)
- "아이 돈 케어 에에에~♬", I don't Care, 투애니원 1집 앨범, 2009
- 스티브 잡스 스탠퍼드 대학 졸업식 축사, 2005년 스티브 잡스의 스탠퍼드 대학교 졸업식 축사 참고
- "가장 행복했던 나이~ 답했다.", 『백년을 살아보니』(김형석, 덴스토리, 2016)
- "또 다른 나", 원더우먼 페스티벌 박나래 강연 내용
- "아수라 발발타", 타짜(감독 최동훈 ,1997)
- "성공을 부르는 10가지 습관", 『프레즌스』(에이미 커디, 알에치코리아, 2016)
- "우리가 돈이 없지 가오가 없어?", 베테랑(감독 류승완, 2015)
- "남의 눈치~감사합니다.", 청춘 페스티벌 장도연 강연 내용
- 『5년 후 나에게 Q&A a Day』(포터 스타일, 토네이도, 2015)
- "1초 동안 일어나는 일", EBS 지식채널e 1초, 2005
- "인터넷에서 1분 동안 일어나는 일", 비쥬얼 캐피털리스트의 자료, 2009
- "두 마리의 늑대 이야기", 체로키의 인디언의 전설 내용
- "한국 노인이 일본 노인보다 신체기능 나이가 3.7세 더 많다.", 일본국립장수의료연구센터 예방노년학연구부 정송이 연구팀 조사 내용
- "갈 때 가더라도~거, 죽기 딱 좋은 날씨네.", 신세계(감독 박훈정, 2012)
- "돈데크만! 돈데기리 돈데기리기리!", 시간탐험대(일본 후지TV, 1993)
- "됐어, 됐어, 이제 그런 가르침은 됐어!", 교실 이데아, 서태지와 아이들 3집 앨범, 1994
- "5~7세 전지전능의 시기", 『자존감 수업』(윤홍균, 심플라이프, 2016)

- "효리네 민박 내용", JTBC 효리네 민박2, 2018
- "2019 세계행복보고서", 유엔 산하 자문기구인 지속가능발전해법네트워크(SDSN), 2019 세계행복보고서(World Happiness Report)
- "어머니는 짜장면이 싫다고 하셨어~♪ 야이야이야~♬", 어머님께, GOD 1집 앨범, 1998
- "그냥", 『그냥』(문삼석, 아침마중, 2013)
- "세상의~동일하다.", 『식객1』(허영만, 김영사, 2003)
- "부디 사랑한다는 말 ~ 하지 마소서.", 인순이, MBC 나는 가수다, 2011
- "쏴~라 있네.", 범죄와의 전쟁(감독 윤종빈, 2012)
- "완벽한 타인 내용", 완벽한 타인(감독 이재규, 2018)